Jon Fosse

Trilogien

三部作《トリロギーエン》

ヨン・フォッセ

岡本健志　安藤佳子 訳

早川書房

三部作<ruby>トリロギーエン<rt></rt></ruby>

TRILOGIEN
by
Jon Fosse

Originally published in New Norwegian as *Andvake* (2007), *Olavs draumar* (2012), and *Kveldsvævd* (2014) by Det Norske Samlaget.
All three books were published together as *Trilogien* by Det Norske Samlaget in 2014.
Translated by
Takeshi Okamoto and Keiko Ando
First published 2024 in Japan by
Hayakawa Publishing, Inc.
This book is published in Japan by
direct arrangement with
Winje Agency AS and Andrew Nurnberg Associates Limited.

NORLA
Norwegian
Literature Abroad

本書はNORLA（ノルウェー文学海外普及協会）の
助成を受けて刊行されました。

装幀：田中久子
装画：荻原美里

目次

眠れない

I

アスレとアリーダはビョルグヴィンの通りを歩き回り、アスレは彼らが持っているすべてを荷物にして両肩にかけ、手には父シグヴァルドの形見のフィドルが入ったケースを持ち、アリーダは食料が入った二つの網袋を手に持ちながらビョルグヴィンの街を何時間も歩き回っては住む場所を見つけようとしていたが、家を借りることはまったくできず、だめだね、あいにく貸し出せる部屋はないとか、悪いね、貸し出せる部屋はすべて貸し出してしまったと言われながらも、アスレとアリーダはそれでも街を彷徨《さまよ》い、扉を叩いては部屋を貸してくれないかと尋ねていたが、どこにも借りることができるような部屋はなく、どこで過ごすのか、どこで晩秋の寒さや暗闇をしのぐのか、とにかくどこかに部屋を見つけなければならない、幸いなことに雨はまだ降っていないが、まもなく降り始めるだろうし、このようにただ歩き続けることもできない、彼らに部屋を貸さない理由はアリーダが大きなお腹を抱えていて、いつ赤ん坊が生まれてもおかしくないように見えるからなのか、それとも、彼らがちゃんと結婚していないので、正式な夫婦でないとか、まともな人間だとは見なされないからだろうか、そんなことが見てわかるのか、いや、わからないだろう、いやもしかしたらわかるのだろう、だから誰も彼らに部屋を貸さないようにしているのだ、アスレとアリーダが教会で神の祝福を受けいれないのは、結婚する気がないからではない、彼らに果たしてそんな時間や機会があったのだろうか、十七歳ばかりの二人には当たり前だが結婚式を挙げるのに必要な資金はなかったし、もしそんな金が手に入ればすぐにでも、牧師やら司会者やらを手配して楽団付きの披露宴などすべて揃ったまともな結婚をするつもりだったが、ずっと状況は変わらず、相変わらずの状態が続くことになった、まあそれでも問題はない、なのになぜ誰も部屋を貸してくれないのか、自分たちの何がいけないのか、正式に結婚した夫と妻であればよかったのか、なぜなら、もし人々が彼らが正式な夫婦だと考えていたら、彼らが罪人として人生を送っていることに気付くのがおそらくもっと難しくなることであろう、いまは多くの扉を叩いては、部屋を貸してもらえるかと聞き、誰からも断られ、まもなく夕闇が迫り、深まりゆく秋の中、空は暗く、寒く、その上まもなく雨も降り始めるだろう

ああ、とても疲れた、とアリーダが言う

彼らは立ち止まり、アスレはアリーダの顔を見るが、彼にはもう慰める言葉がなかった、彼らはこれまでに何度も生まれてくる子供について話すことで自分たちを慰め合ったからで、女の子か男の子かと話しては、アリーダは女の子のほうが手がかからないと言い、アスレは男の子のほうが扱いやすいと反対の意見を口にしたが、男の子であろうと女の子であろうと、もうすぐ親となることに喜びと感謝を感じ、まもなく生まれてくる子供のことを考えるのは大きな慰めになっていたからだ。アスレとアリーダはビョルグヴィンの街を歩き回る。今のところ、誰からも部屋を貸してもらえないことをまだそれほど深刻に捉えていない、そのうち何とかなるだろうさ、すぐに誰か小さな部屋を貸してくれる人が見つかり、そこでしばらくの間暮らすことができるだろう、何とかなるに決まってる、ビョルグヴィンには小さな家も大きな屋敷も、多くの家があるのだから、わずかばかりの農家と海岸に沿って小さな家が少しばかりあるだけのディルジャとは違うんだから、彼女、アリーダはブローテ集落のヘルディスの娘、ディルジャにある小さな農家の出身で、そこで母ヘルディスと姉オリーネと一緒に暮らしていたが、アリーダが三歳、オリーネが五歳の時、父アスラックが家を出たまままいなくなり、戻ってくることはなかったのでアリーダには声以外に父親の記憶がなく、今でも時々聞こえる父の声、その声に込められた強い感情、そのはっきりとし、透き通って幅広い音域の声、それが父アスラックの思い出のすべて、父の面差しは何も覚えておらず、ほかの記憶も何ひとつない、歌を歌う時の父の声、それが父について知っていることのすべてであった。そして、男のほう、アスレは、ディルジャの船小屋に育ち、そこは屋根裏に居室が設置されているものだったが、そこで母シリャと父シグヴァルドと共に暮らし、ある日突然、父シグヴァルドが秋の嵐に襲われ、海で行方不明になった、彼は西の島の近くで漁をしていたが、島の沖合、ストールステイネンの沖合で船が沈んだ。そして、母シリャとアスレはその船小屋に残された。しかし、父シグヴァルドがいなくなって間もなくのこと、母シリャも体を壊し、日増しに痩せていき、しまいには顔から骨まで透けてみえるほど痩せ衰え、大きな青い目がますます大きく、アスレにはそれが最後には顔のほとんどを占めるほどになったように思え、母の茶色の長い髪は前より細くなりハリをなくし、そして、母が起きてこなかった朝、アスレは彼女がベッドで死んでいることを知った。母シリャは大きな青い目を開け、父シグヴァルドが寝ていた側を見るように横たわっていた。細くて茶色い長い髪が顔のほとんどを覆っていた。母シリャは死んでしまった。これは一年ほど前のことで、アスレが十六歳の頃だった。その時彼が所有していたものは、自分自身と船小屋にある僅かなもの、それに父の形見のフィドルだけだった。アリーダがいなければ、アスレはまったくの天涯孤独の身となった。母シリャが死んで永遠に去ったことを悟った時、アスレが考えたのはアリーダのことだった。彼女の長い黒髪、彼女の黒い瞳。彼女のすべて。彼にはアリーダがいた。アリーダは彼に残された唯一のものだった。それしか考えられなかった。アスレは母シリャの白い顎に手を伸ばし、その頬を撫でた。もうアリーダしかいない。そう考えた。それにフィドル。それも考えた。というのは、父シグヴァルドは漁師だっただけでなく、上手なフィドル弾きであり、シグナ地方周辺どこでも結婚式があるたびに頼まれて弾いていた、長い間そうだった、ダンスや夏の夕べの祭りがあればそこで演奏していたのは父シグヴァルドだった。彼はレイテ集落の農家の結婚式で演奏するために東の方からディルジャにやって来て、母シリャと知り合った、母シリャはそこで結婚式の給仕をし、父シグヴァルドが弾いた。こうして父シグヴァルドと母シリャは出会った。そして母シリャが妊娠する。そしてアスレを産んだ。そして家族と自分を養うため、父シグヴァルドは沖合の島の漁師の下で働き始め、漁師はストールステイネンに住んでいて、給金の一部として二人は漁師が所有するディルジャの船小屋で暮らせることになった。こうしてフィドル弾きの父シグヴァルドは漁師となり、ディルジャの船小屋で暮らし始めた。こういう成り行き。そういうことだった。そして、父シグヴァルドと母シリャはもうこの世にはいない。永遠に。そして今、アスレとアリーダはビョルグヴィンの街を歩き回っている、彼らの持ち物は肩にかけた二つの荷物と、父シグヴァルドの形見のフィドルケースとフィドルだけだった。暗くて寒い。アスレとアリーダは多くの家の扉を叩いては部屋の提供を願い出たが、あいにくだね、貸し出すような部屋はない、貸し出せる部屋はもう貸してある、部屋は貸し出したくない、そんな必要もないのでね、それが返ってきた答えだった、アスレとアリーダは進んでは止まりを繰り返し、家を見ては、もしかしたら部屋を貸してくれるだろうと、その扉を勇気を出して叩くが、そのたびに断られ、どこでも同じ、だがこんなふうに街を歩き回ってばかりでいられないので、勇気を出しては扉を叩き、部屋を貸してもらえないかと尋ねるしかないが、アスレとアリーダが何度要望を伝えても、「部屋はない」という答えを聞かなければならなかった、もうだめだ、こんなこともううんざりだ、もしかしたらあれは間違いだったのかもしれない、持っていたすべてをまとめビョルグヴィンまで船に乗ってやってきたことが、しかし他にどんな方法があろうか、アリーダの母ヘルディスとブローテの家で暮らしておくべきだったのかもしれない、ヘルディスは乗り気でなかったけれども、そうしたら状況はちょっとはましだったろう、またもしあの船小屋にそのまま住み続けることができたなら、そうしていたのに、しかし、ある日アスレは自分と同い年くらいの男が小屋に船でやってきて、帆を下ろして船小屋の岸に泊め、そこから小屋の方に上がってきたのを見た、しばらくすると屋根裏部屋への昇降口の扉を叩く音が聞こえ、アスレが扉を開けると男がのぼってきて、咳払いをすると、自分の父がアスレの父と共に海で死んだが、今は自分がこの船小屋を相続しており、小屋を必要としているため、そうするとアスレとアリーダはもうここに住むことはできないと言い、荷物をまとめて他に住む場所を見つけてくれと彼は言い、そしてアリーダが大きなお腹を抱えて座っていたベッドに腰を下ろしたので、彼女はアスレの傍らに行き、その男はベッドに身体を伸ばして寝ころび、疲れているので少し休みたいと言うと、アスレはアリーダを見つめ、二人は昇降口まで歩き、その扉を開けた。そして、彼らは階段を下りて外に出ると、小屋の外に呆然と立ち尽くした。大きなお腹のアリーダとアスレ
住む場所がなくなってしまったわね、とアリーダ
アスレは何も答えない
でもあいつの持ち物なんだからどうしようもない、とアスレ
私たちには住む場所がないのよ、とアリーダ
秋ももうすぐ終わりだし、暗いし、寒いし、住むところ無しなんて訳にいかないのよ
そして、彼らはしばらく黙って立ち尽くしていた
それにもうすぐ赤ちゃんが生まれるし、いつ生まれてもおかしくないのに、とアリーダ
そうだな、とアスレ
なのに行く当てもないなんて、とアリーダ
彼女は船小屋の壁横のベンチに腰を下ろした、それは父シグヴァルドが作ったものだった
あいつぶっ殺してやればよかった、とアスレ
そんなことは口にしないで、とアリーダ
アスレはアリーダの座っているベンチに近寄り、腰を下ろした

あいつを殺してやる、とアスレ
やめてよ、とアリーダ
単にこの世にはお金のある人とない人がいるって道理じゃない
そして、持っている人が私たちのように持っていない人間の運命を好きなようにするという
だけ、とアリーダ
そうだね、とアスレ
その通りよ、とアリーダ
確かに、とアスレ
そして、二人は束の間何も言わずにベンチに座っていたが、小屋の新しい所有者が出てきて、これからここで暮らすのは自分だから二人は荷物をまとめるようにと言う、あんた達をここに住まわせるつもりはない、どのみち男のほうはダメだ、アリーダならそんな体だから今まで通りここにいても良い、二時間ほどしたら戻るから、その時までにとにかくアスレは出ていかなければならない、そう告げると彼は船まで下ってゆき、係留索を解きながら告げる、ちょっと店に寄って来るが、自分が小屋に戻ってくるまでに荷物をまとめ、部屋を空けてくれ、今晩からここに寝るから、うん、もしかしたらアリーダも一緒に、もしあんたがそうしたいならと言い、船を陸から離し、帆を上げると、陸に沿って北に向かった

荷をまとめてくる、とアスレ
手伝うわ、とアリーダ
いや、君は先にブローテの実家に帰るんだ、お母さんのところに、とアスレ
今晩はもしかしたらそこに泊めてもらえるだろう
もしかしたらね、とアリーダ
そして彼女は立ち上がり、アスレは浜辺を歩いていく彼女のごく短い脚、丸みを帯びた尻、背中に垂れている長くて太い黒髪を見やる、アスレがアリーダを目で追っていると彼女は振り返り彼に手を振り、ブローテに向かう坂を上り始めたので、アスレは小屋に入り、持ち物すべてを二つの荷にまとめ、外に出て、肩に二つの荷をかけ、手にフィドルケースを持って岸まで歩きながら、海の方をみると、船小屋の所有者の男が船で戻ってくるのがわかったので、手に持っているフィドルとフィドルケース以外の二つの荷物を肩にかけ、アスレはブローテに向かって坂を進むのだが、ある程度進むとアリーダがこちらの方に近づいてくるのが見えた、彼女は言う、私たちは母の家には住むことができないの、実の娘なんだけれども、母が私のことはあまり好きじゃないから、いつも姉のオリーネのほうがずっとお気に入りのようだった、どうしてなのかはわからないけどね、だからあそこには、とにかく今は行きたくない、私のお腹がとても大きいから、と彼女は言うがアスレはもう遅いし、すぐに暗くなってしまうし、夜は寒

くなるし、もう秋も深い、それに雨だって降り始めかねないよと言い、ブローテのお母さんの家にいっときだけでも住まわせてもらえないかと頭を下げて頼みこまなければならないと言い、アリーダは、そうしなければならないのなら、アスレからお願いしてちょうだい、私はいやよ、母に頼むくらいならどこにでも寝る覚悟がある、アスレは自分が頼まなければならないならそうすると言い、二人が母の家の玄関にたどり着き、母に、今まで住んでいた小屋の所有者がそこで自分が住むと言い出したので、私達には住む家がなくなってしまった、お母さんの家にほんの少しの間だけでも住まわせてもらえないでしょうかと言うと、母ヘルディスは、ふうんそういうことなら仕方ないね、でもあんた達にはここに住まわせる以外には何もできないし、それも少しの間だけならねと言いながら、さあ中に入りなさいと母ヘルディスは階段を上がり、アスレとアリーダが後に続いて、母ヘルディスは屋根裏部屋に入ると、いっときならここを使ってもいいが、長くいるのはお断りだと告げると、彼女は踵《きびす》を返し階段を下りて行く、アスレは肩にかけていた彼らが所有するすべての物とフィドルケースを部屋の隅に置き、アリーダは母が自分に決して愛情を示したことがない、一度も、一度もそんなことをしてくれたことがない、母に疎まれるわけがよく理解できない、ついでに実は母ヘルディスはアスレのことも大して気に入っていない、はっきり言ってしまえば要はアスレのことを嫌っており、それは以前からなのだが、ましてやアリーダが妊娠してからはアスレとは正式には結婚していないので、自分の家に二人を住まわせることを恥じているのかも知れない、多分母さんはそう考えているわ、そうは言わないけど、だからここには一晩しか泊まることができないのとアリーダは言い、アスレはそういうことであれば明日すぐビョルグヴィンに向けて出発するという案以外は何も思いつかなかった、というのは、そこに行けば住む場所が見つかるだろう、ビョルグヴィンには一度行ったことがあるんだ、父シグヴァルドと一緒にそこに行ったことがあるんだ、街の様子、家、人々、喧噪と匂い、たくさんの店、そこにある商品、すべてはっきりと覚えていると彼が言うと、アリーダはどうやってビョルグヴィンにたどり着くのかと尋ね、アスレは船を見つけてビョルグヴィンに行けばいいんだと言った

船を見つけて、とアリーダ

そうだ、とアスレ

どんな船かしら、とアリーダ

船小屋の前に泊まっている船さ、とアスレ

でもその船は……、とアリーダ

アスレが立ち上がり、出ていくのを見て、アリーダは屋根裏部屋のベッドで横になり身体を伸ばして、目を閉じる、本当に本当に疲れ果てたアリーダ、その眼前にフィドルを抱えて座っているアスレの父シグヴァルドの姿が浮かぶ、彼は酒の入ったスキットルを手に取り、一気に

ごくりと飲む、そして傍らにはアスレも立っている、彼の黒い瞳、黒い髪、私の愛するアスレがなぜそこにいるの、シグヴァルドがアスレに手を振って合図をすると、アスレは父のもとに進み、腰を下ろしフィドルを顎の下に構え演奏を始める、と同時に彼の音楽はアリーダの心の奥底に沁《し》みわたり、それから彼女を上へ上へと引っ張り上げ、彼女はどんどん高く昇り、彼のフィドルの音《ね》の中に父アスラックの歌が響いてくる、そして自分自身の人生と未来が聞こえる、そう私にはわかっている、私は今自らの未来の中にいて、すべてが明らかになっていて、すべてが難しいのだけど、そこには父の歌があることを、それこそがきっと愛と呼ばれるものに違いないわ、このフィドルと歌の中にずっといたい、他の場所にはいたくない、すると母ヘルディスが来て、お前は一体何をしているのかと詰め寄る、とっくの昔に牛たちに飲ませる水を汲《く》んで来ないとならなかったのに、雪かきをすべきだったのに、何を考えてるんだ、母親に家事に家畜の世話にその上に料理となんでもさせて当然と思っているのか、お前がいつもいつも自分のやるべきことをさぼっていなければ、母と姉もこの家を回していくようにするのはそれほど難儀じゃなかったはずなんだ、まったく、こんなんじゃ困るよ、もっとしっかりしてお姉さんのオリーネを見習えないものかね、いつもあの子は私に手を貸してくれ、一生懸命やってくれてるのをさ、同じ姉妹でなんでこんなに違うのか、見た目も何もかも、どうしてなんだろう、一人は母親似で、もう一人は父親似で、一人は母のように金髪、もう一人は父のように黒髪、昔からそうなんだ、これはもうどうにも変えようがない、この先ずっとそうだろうさと母ヘルディスは言う、こんな風に母は常にアリーダに厳しくあたり、大声で叱ってばかりいたら、なんの手伝いができようか、アリーダは悪で姉オリーネは善、彼女が黒で、姉オリーネが白という具合に、そしてアリーダはベッドの上で身体を伸ばし、これからどうなるのか、どこで暮らすのか、赤ん坊は今にも生まれそうだし、船小屋は特別素敵な場所ではなかったけれど、それでも住む場所はあった、今はそこにいることさえ許されず、居場所もお金もなく、一文無し同然だった、彼女にはほんの少しはお金があり、アスレも僅かながらは持っているだろうが、大した金額ではないだろうし、そんなものしかない、一文無しと変わりはしない、でもどうにかなる、それは確かだ、きっとどうにかなる、アスレがもうすぐ戻ってくれば、あの船のことは、いや、あの船のことは考えちゃいけない、なるようになるんだから、母ヘルディスの言葉がよみがえる、アリーダは父親のように黒くて醜く、怠惰で、いつもすべきことを放り出していると母はこぼしていた、この娘は一体どうなってしまうのか、少なくとも農場を継ぐのが姉オリーネで良かった、アリーダじゃ役に立たないし、きちんとやっていけないだろうよと、母ヘルディスが話すのが聞こえるようだ、それから、姉オリーネの声も聞こえる、農場を継ぐのがあたしでよかったわ、ここブローテの素晴らしい農場を、それからまた母ヘルディスは続けて、アリーダはこの先本当にどうするつもりか、あたしはもう知らないよ、アリーダは言い返す、ご心配なく、どうでもいいわ、そう言って外に出ると、アスレとよく待ち合わせていた小高い丘に向かう、彼女が近づくと、アスレがそこに座っていたが、顔色が悪く打ちひしがれた様子、黒い瞳が濡れているのを見て何か悪いことが起きたことがわかった、アスレは彼女を見て告げた、母シリャが死んでしまった、これで彼に残されたのはアリーダだけ、アスレが仰向けになると、アリーダは近づいて彼の隣に寄り添う、彼は腕をその体に回し胸に抱きしめ、今朝母が死んでいるのを見つけたと言う、ベッドに横たわり、顔に残っていたのは大きな青い瞳だけ、彼はアリーダを自分の方に引き寄せ、二人はお互いの中に融け合い、木々を揺らすかすかな風の音だけが聞こえ、二人は我を忘れ、恥ずべき存在となり、殺し、話し、もはや思考を止め、丘に横たわる、彼らは恥ずべき存在、また起き上がり丘に座って海の方を見る

母が亡くなった日にこんなことをするとは、とアスレ

そうね、とアリーダ

アスレとアリーダは立ち上がると服を整え、そこに立ったまま海の西にある島、ストールステイネンの方向を眺める

お父さんのことを考えているのね

そうだよ

彼は手を空に挙げ、立ったまま風に手をかざす

でも、あなたには私がいる
それに、君には僕がいる
そしてアスレは手を前に後ろに振り、合図する
ご両親に合図を送っているのね
そうだよ
君にも彼らが感じられるだろう
父や母がここにいることを
二人とも今ここにいるんだ
そしてて手を下ろすと、アリーダの方に伸ばしその頬を撫で、彼女の手を取り二人はそうして
立っている
でもね、考えてみてちょうだい
うん
でも、もしかしたらね
彼女はもう一方の手を自分のお腹に置く
ああ、わかってるさ
それから二人は微笑みを交わし、手に手を取って、ブローテに続く道を下り始めるのだが、

またアリーダは気付く、アスレが実家の屋根裏部屋の床に立っているのを、髪は濡れ、顔には
苦悩が見え、疲労困憊《こんぱい》の様子だ
どこに行ってたの
別にどこでも
あなた、びしょびしょで、凍えているじゃない
アリーダはアスレにこっちにきて横になるように勧めるが、彼はそこに立ち尽くしている
そんなところに立っていないで
だが彼はその場から頑固に動かない
どういうことなの
出発しなければならない、船の準備ができた、と彼は言う
でも、少し休んだらどう
出発しなくちゃ
少しだけ、ねえ、少しだけでも眠って休まないと
ぐっすりじゃなくても、ほんの短い時間だけでも
君は疲れているんだね、とアスレ
ええ、とアリーダ

君は寝ればいいよ
そうするわ
彼はその場に立ったままでいる、斜めになった天井の下
こっちに来て
と彼女は彼の方に手を伸ばす
もうすぐ出発しないと、と彼
でもどこに、と彼女は尋ねる
ビョルグヴィンに、と彼
でもどうやって
船で行くんだ
じゃあ船がないと、と彼女
船は準備したさ、とアスレ
でもまず少し休んで、と彼女
じゃあ少しだけ
そしたら服も少しは乾くだろう
アスレは服を脱ぎ、床に広げると、アリーダが毛布を除け、アスレはベッドに入り、彼女の

傍らにぴったりと身を寄せた、彼女は彼の身体がどれほど冷たく、水に濡れているのか感じ取り、うまくいったのと尋ねると、ああと答え、君は眠ったのかと訊くと、多分眠ったんだと思うわと彼女が言う、さあ少し休んで、できるだけ多くの食べ物も持って行かなければならない、持てるだけの食料を、それにお金も、どこかで見つけられるなら、それから船を泊めている場所まで下りていき、明るくなる前に出発しなくてはとアスレ、分かったわ、あなたが一番だと考えているようにしましょうとアリーダ、そして二人はそこで横になる、彼女の眼前に浮かぶ、アスレがフィドルを抱えて座り、彼女はそこに立って演奏を聴いているのが、そう聞こえてくる、自分自身の過去の歌、自分自身の未来の歌が、父アスラックが歌い、彼女は知る、すべての運命はもうこのように決まっていることを、そうなるしかないと、そして彼女はお腹に手を当てる、胎児が蹴っている、そこで彼女はアスレの手を取り、自分のお腹に導くと赤ん坊はまた蹴った、だめだ、暗いうちに出発しないと、それが一番だとアスレは言う、ひどく疲れているから今寝てしまうとぐっすりずっと眠ってしまう、それはまずい、乗り遅れるわけにはいかないんだ、そして彼は起き上がりベッドに座った

もう少しだけ横になっていてはだめなの、とアリーダ

君はもう少し寝ているといい、とアスレ

彼は床に降り立つと、灯りを点けましょうかとアリーダが言い、必要ないよと、彼は服を着

始め、もう乾いているのかしら、いや、まだ乾いていないけれど、それほど濡れていないと答えると、服を羽織って、アリーダも起き上がりベッドに座る
さあビョルグヴィンに行こう
ビョルグヴィンで暮らすのね
そうだよ、そうしよう
アリーダは床に足を下ろして、灯りをともすと、この時初めてアスレが如何《いか》に激して何かに取り憑《つ》かれたような状態になっているかが見て取れ、彼女もようやく服を着始めた
でもどこに住むの、と彼女
どこかで家を見つけないといけないいな
きっと見つかるはずだ
ビョルグヴィンにはたくさん家がある、なんでもあるんだよ、だからなんとかなるさ
ビョルグヴィンのどこにも居場所が見つけられなかったら、その時はもうどうしたらいいかわからない、とアスレ
二つの荷物を手に取り、肩にかけると、手にフィドルケースを持ち、アリーダは灯りを手にし、扉を開け、彼の前を進む、彼女はゆっくりと、静かに階段を降り、彼も続いて静かに階段を降りる

食料を持ってくるわ
うん
中庭で待っているよ
アスレが先に廊下に出ると、アリーダは食料庫に向かい、二つの網袋を見つけ、その中に生ハムとフラットブレッドとバターを入れ、廊下に出た、扉を開けると、庭に立っているアスレが見えて、網袋を差し出すと、アスレが歩み寄り受け取った
君のお母さんがなんて言うか
好きに言わせておくわ
そうだね、でも……
アリーダは、再び廊下を通り台所に入る、母がどこにお金を隠しているのか彼女は知っていた、食器棚の一番上にある箱の中にあるのを、高いスツールを見つけて食器棚に立てかけると、よじ登って一番上の扉を開き、くだんの箱を手に取り振って開けると、そこにあったお金を取って、箱を食器棚に戻す、そして扉を閉めた、お札《さつ》を手にして彼女はスツールの上に立っていたが、その時、居間の扉が開いて、目の前にはその手に提げたランプに照らされる母が見えた
何をしているんだい、と母ヘルディス
アリーダはその場に凍り付き、それからスツールから降りる

手に持っているのは何、と彼女の母
ちがうの
ちがうのって、お前おかしいんじゃないかね、と母
こんなことまでするようになったとはね、人のものを盗むとは
突き出してやるから
実の親から盗むとはねえ
どうしてそんなことができるんだい
お前は父親そっくりだ
父親みたいに人間の屑《くず》さ
それになんてふしだらな
そのざまを見てごらん
その金を渡せ
金を返せ
この淫売が
そして彼女はアリーダの腕を摑む
放してよ、とアリーダ

放しな、と母ヘルディィス

放せ、畜生

もし放さなかったら、とアリーダ

実の親に盗みを働くとは、と母ヘルディィス

アリーダはふさがっていない手で母ヘルディィスを叩く

実の親をぶつとはなんだ

あんたの父親よりもひどい娘だ

誰かにぶたれて黙ってるあたしじゃないよ

母ヘルディィスはアリーダの髪を摑み、引っ張り、アリーダは叫び声を上げながら、母ヘルディィスの髪を摑み、引っ張る、その時アスレが来て、アリーダを摑んでいる母ヘルディィスの手を押さえてアリーダを放し、ヘルディィスがその場で動けないようにした

さあ、行くんだ、とアスレ

行くわ、とアリーダ

ああ、早く行くんだ

お金を持って、庭に行き、そこで待っていてくれ

アリーダはしっかりと札を握りしめ、中庭に出て、荷物と網袋の傍らに立つ、外は寒く星が

見え、月も輝いているが、何も聞こえない、アスレが家から出て来るのが見えたので、近くに来ると金を渡した、それを受け取ると、折り曲げてポケットに入れ、アリーダは網袋を両手に一つずつ取り、アスレは二人の所有物のすべてである荷物を肩にかけ、フィドルケースを手に持つと、さあ出発しようと言い、ブローテを下って行くが、どちらもひと言も発せず黙々と進む、煌《きら》めく星と輝く月の出ている澄んだ夜気の中、二人はブローテの坂を下るとそこには船小屋があり、船の準備ができている

船に乗ればいいのね

そうだよ

でも……

安心して乗ればいい

船に乗って、ビョルグヴィンまで行けるんだ

心配しないでいいんだよ

アリーダとアスレは船のところまで下りていき、彼は船を陸の方に引き寄せ、荷物と網袋とフィドルケースを乗せ、アリーダが乗り込むと、アスレが係留索を解き、船を漕《こ》いで海の方に出た、彼は、天気は上々、月が輝き、星は煌めき、寒くて澄んだ夜だと言い、南に向かうにはいい風だと続ける、さあ、ビョルグヴィンに行ける、大丈夫だから、アリーダは彼が航路を把

握しているのか訊くのをためらったが、彼は父シグヴァルドがビョルグヴィンまで航海した時のことをよく覚えていると言い、だからどうやって行くかわかっているよと言う、アリーダが船尾に座ると、アスレは櫓《ろ》を引いて帆を張り、それから櫓の横に陣取って船を出し、ディルジャを離れた、アリーダが振り返ると、晩秋の月明かりにブローテの実家が見えたが、家は邪なものに思えた、アスレと逢引《あいび》きを重ねたあの丘が見えてきた、そこで二人の子供をはらんだのだ、もうすぐ生まれてくる子供を、これこそが私の家、私の居場所、アスレと数カ月暮らした船小屋が見えると、船は岬を回り、山や小島や岩礁が現れ、船は速度を落としてゆっくりと進む

君は横になって眠ればいい

いいのかしら

もちろんさ

しっかり毛布にくるまって、前の方で横になるんだよ

アリーダは荷の片方を解いて、運んできた四枚の毛布をみな取り出し、舳先《へさき》に毛布で寝床を作りしっかりとくるまり、船にぶつかる波の音を聞きながら横たわる、寒い夜さざ波に揺られながら、暖かく心地よい気持ちに包まれて、澄んだ星空と輝きを放つ丸い月を見上げている

今から本当の人生が始まるのね

人生の船出だよ

眠れないんじゃないかしら

でも横になって、しっかり休んでおくんだよ

ここで寝るのは気持ちがいいわ

それならよかった

ええ、万事うまくいっているわね、私達

そして彼女は聞く、海の波が押し寄せては引いていくのを、月が明るく輝く夜は奇妙な昼間のようで、船はどんどん南に向かって、陸に沿って進む

疲れてないの、と彼女

いや、目はしっかり覚めているよ、と彼

母ヘルディスの面影がアリーダの目前に現れ、彼女を、この売女がと呼んだ、それからまたアリーダが思い出すのは、母ヘルディスがある年のクリスマスイブ、羊のスペアリブ料理《ピンネショット》をさげ持って居間に入る姿、母は幸福に満ち、美しく、善良で、普段苛まれていた大いなる苦悩から解放されているようだ、今、私はただ家を飛び出した、母にも、姉オリーネにも一度も別れの挨拶もせず、家にあった食料を二つの網袋に詰め込み、そこにあったお金を奪って、そして家を出た、母ヘルディスにはもう絶対に、二度と会うこともないだろう、ブローテにある家

も見納めだと確信していた、絶対に、もうディルジャを見ることもないだろう、もしこんな風に別れも告げずただ出て行くのでなければ、母ヘルディスのもとに行き、これ以上金輪際、彼女を悩ませることはないと約束できたのに、今、私は旅立ち、母たちとはこれでおしまいと言えよう、もう二度とお互いに傷つけ合うこともないだろうし、再び会うことはないだろう、父アスラックが突然消えてしまってから二度と会えなかったように、今、彼女は家を出て、二度と戻りはしない、母ヘルディスがどこで暮らすのかと訊いた時、アリーダはそんなことを気にする必要はないと言えたのに、そうしたら母ヘルディスは、じゃあとりあえず旅に必要な食べ物を少し分けてあげようかねと言い、簡単なパンの包みなんかこさえてくれて、それからお金が入った箱を取り出し、お札《さつ》を何枚か渡してくれたかも、そして、我が娘を無一文で広い世界に送り出すなんてしたくはないからと言ってくれたかも、そうだったらよかったのに、母ヘルディスにもう会うこともない、アリーダは目を覚まし、星空が消えてもう夜は終わったのに気付くと、身体を起こし、アスレが櫓の傍に座っているのを見る

目が覚めたのかい、と彼

良かった

おはよう

おはよう、と彼女は答える

君が今、目覚めてよかった、まもなくビョルグヴィンのヴォーゲン湾に入るんだ

アリーダは立ち上がり、船の腰掛梁《スワルト》に腰を下ろし、南の方を見る

まもなく到着する、とアスレ

あそこだ、見て

このフィヨルドに沿って進み、岬を回ったらビーフィヨルドに入るんだよ

そしたら、つまりビーフィヨルドに入ったら、そこからヴォーゲンまでまっすぐだ

アリーダはフィヨルドの両側にある斜面だけを見ているが、ただの一軒も人家はない、二人はビョルグヴィンに向かうが、風がなくなり、船はただそこに浮いているだけとなったので、生ハムとフラットブレッドを食べ水を飲んで待っていると、また少し風が出て来て、その後追い風を受けるようになり、同じ日の午後ヴォーゲン湾に着くまで航海を続け、アスレはブリッゲンの波止場に船を係留し、陸にあがると、この船を買ってくれる者はいないかと尋ね回り、はじめあまり大きな反応はなかったが、何度か値を下げたところ、多少の代金で、船を売ることができた。そうして二人はそのいくばくかの金を手にした。そうしてアスレとアリーダはブリッゲンの波止場に二つの荷物と、二つの網袋と、父シグヴァルドの形見のフィドルが入ったフィドルケースを持って立っていたが、いくばくかの金もまた持っていた。二人は歩き始めたが、どこに行くのかということはあまり重要ではない、とアスレは言い、歩いて見て回ろう、

ビョルグヴィンには前に来たことはあってもそんなに詳しくないんだ、大きい、ビョルグヴィンの街は大きい、ノルウェーの大きな都市の中でも、もしかしたら一番大きいかもしれないな、アリーダはこれまでトーシュヴィークまでしか出かけたことがなかったが、そこさえ自分にはとても広いと思ったけど、そこいらじゅうに家と人で溢れかえっているこの大都市ビョルグヴィンで、私はまったくどこにどうやって行ったらいいのかわからない、この街を知るには何年もかかるわね、わくわくするわ、見るものがたくさんあって、いつもいろんなことが起きている感じだわと続けた、アスレとアリーダはブリッゲンの波止場に沿って歩き、空に向かって尖った屋根の家が並び、その下の方には様々な船が停泊しているのを目にする、四本オールの手漕ぎボートや帆掛け船など、思いつく限りの種類の船舶がずらっと並んでいた

向こうに市場《トルゲ》があるんだ、とアスレ

トルゲって、とアリーダ

ビョルグヴィンのトルゲって聞いたことないのかい

そうだった、あるわ、よく考えてみたら

あそこは、僕や君のように田舎からでてきた者が商品を売る場所なんだよ

そうね

魚や肉や野菜など売れるものは何でも積み込んだ船でやってきてはそこで売るんだ

でもディルジャからはいないでしょ
いるかもしれないな
アスレは係留された船の向こうを指差し、あの船の一番奥に市場があるんだ、人でいっぱいで、たくさんの露店が並んでいるのが見えるかい、それが市場《トルゲ》さ、アリーダは答えて、そこに行かなくてもいいでしょう、通りの反対側に渡るのはどうかしら、そこなら人が少なくて歩きやすいと言う、そこで二人は通りを横切る、背後の山の斜面に無数の家が見え、アスレは、あそこの家々を回って部屋を探そう、あれだけ多くの家があるんだからどこかしらに借りることができるだろうと言う
それから、とアスレ
うん、とアリーダ
それから、もう一度外を回って職探しをして来るよ、お金を稼がないとね
仕事探しね
そう
どこで働くの
市場かブリッゲン波止場に行って訊いてみる
それに、僕が演奏できるような居酒屋もあるかもしれない

アリーダは何も答えず、彼らは最も近い家が立ち並ぶ通りに入る、アリーダは最初の立派な家の扉だけは叩けないと言い、アスレはできるさと言うと、二人は立ち止まり、アスレが扉を叩くと、老女が現れ、二人を見て何か御用と言い、アスレがお宅に貸してもらえるような部屋がないでしょうかと訊けば、貸し部屋ねえ、と繰り返すと、ここビョルグヴィンではなく、あんた達の生まれた土地で探してくれないか、この街にこれ以上の人間は必要ないんだよと言い放ち、扉を閉めた、老女が貸し部屋、貸し部屋とつぶやきながら、足を引きずり家の中に戻って行くのを見て、二人は見交わして苦笑いした、貸し部屋、貸し部屋…… それから通りの反対側まで歩き、その家の扉を叩くと、しばらくして若い女が現れ、彼女は少し戸惑いながら二人を見る、アスレが貸し部屋があるかどうか訊くと、彼女は薄笑いを浮かべて、男のひとのための部屋はいつでもあるけど、彼女にはないわね、もしもう数カ月早かったら彼女の部屋も見つけられただろうけど、今はもうその身体じゃあ難しいわねと言い、扉の枠にもたれかかり、アスレを見つめる

ねえ入るの、どうするの、と女

ここにずっとは立ってられないでしょ

さあ、今決めてよ

アリーダはアスレを見ると、彼の腕を摑む

ねえ、行きましょう、とアリーダ
そうだな、とアスレ
さっさと行きな、と女
さあ、とアリーダ
彼女がアスレを少し引っ張ると、女はけらけら笑いながら中に入りドアを閉めたが、中から聞こえてくるのは女の声、ありえない、あんな立派な男とあんな小娘のあばずれがくっつくとはね、するとほかの誰かが、いつもそうさ、よくある話だと言うと、また別の者が、そうそういつもそうなんだと言っている、アリーダとアスレはその通りを進み、家並みに沿って歩を進める
とんでもない女だったわね
そうだね
二人はさらに進み、また一軒の家の前で立ち止まり、扉を叩くが、誰もが貸せる部屋はない、場所がない、貸し出していない、妻が不在なのでわからないと理由は様々だが、貸し部屋がないというのは常に同じだった、アスレとアリーダは家並みに沿って歩くが、ほとんどの家はちっぽけで密集していて、細い路地が家々の間を通っているが、ところどころ幾分幅広の道もあった、でも、どこにいようと、どこに行こうと、アスレもアリーダもビョルグヴィンで雨露を

しのげる場所、寒さや闇から逃れられる場所を見つけるのがそんなに難しいことだとは知らない、いや想像することさえできなかった、その日の午後から夜までずっとアスレとアリーダはビョルグヴィンの街を歩き回り、扉を次々と叩いては尋ねると、いろいろな返事があったが、ほとんどは同じく、貸し部屋はない、もうすべて貸し出し中、そんな答えばかりで、アスレとアリーダはビョルグヴィンの街を長い間歩き回っていたが、しまいには二人は歩を休め、その場でじっと立ち尽くし、アスレはアリーダを、彼女の長く豊かな波打つ黒髪を、悲しそうな黒い瞳を見る

とても疲れてしまった、とアリーダ

アスレは、自分の愛しくてたまらない女性が疲れ果てていること、そして身重でまもなく出産を控えるアリーダにはそれが良くないことがわかっている、そう、良いはずがない

そろそろどこかに少し座ってもいいかな、とアリーダ

もちろん、いいよ、とアスレ

二人はとぼとぼと歩き続けるが、雨が降り始め、それでもただただ歩き続けるが、雨の中を歩けば身体が濡れてしまい、そうしたら身体が冷えてしまう、暗く寒い晩秋なのに、雨や寒さや闇を避ける場所がない、せめて座る場所が、暖かい部屋があれば、そう、それさえあれば

疲れたわ

それに雨も降っているし
とにかく屋根の下にいることができる場所を探そう、とアスレ
雨の中を歩いて身体を濡らすのはいけない
そうね
彼女は網袋を取り上げると、雨の中をとぼとぼ歩く
寒いかい
ええ、もうびしょ濡れで寒い
二人は立ち止まり、雨の中、外で立ち尽くす、それから、また歩いてとある壁の軒下を見つけ、そこに寄り添って立つ
これからどうしたらいいの
今晩を過ごせる場所がないと、と彼女
ああ、とアスレ
私たち部屋を貸してほしいと少なくとも二十軒はあたったわね
それ以上だよ
誰も私たちを家に入れてくれない
そうだね

野宿するには寒すぎるし、身体は雨でとてもびしょ濡れだし

うん

二人はその場に長い間黙って立ち尽くす、雨と寒さ、それに暗くなり、もう街には人影がない、早い時間にはたくさんの人で溢れていた、老いも若きも、だが今はみんな屋内の、明かりとぬくもりがある場所にいるようだ、なぜなら、今は空からざあざあ雨が降り、二人の足元には水たまりができ、アリーダは網袋に目をやってしゃがみこむと、顎を胸に乗せ瞼《まぶた》を閉じ、座って眠る、アスレもすっかり疲れ果てている、眠れたのはずっと前のことで、ブローテにある母ヘルディスの家では眠れず、起き上がって船に乗り、ビョルグヴィンを目指して南に船を進めた、ビョルグヴィンまでは長い航海だったが、なかなか順調に行った、夜の間ずっとよい追い風を受けていた、風がやんだのは朝になってからで、そこに留まり漂流することになったが、アスレは、立ったまま寝入ることもできるほど疲れているが、だめだ、今眠ってはいけない、それでも自然に閉じてしまう瞼に浮かんでくるのは、穏やかで青く輝くフィヨルド、外海も青く輝き、船は下流の入り江で軽く揺れ、船小屋の周りの丘は緑に包まれ、彼は手にフィドルを持ってベンチに座っている、それを肩に乗せて弾き出すと、向こうのブローテからアリーダが駆け寄ってくる、彼の演奏と彼女の動きがそのまばゆい緑の光景と溶け合っているかのようで、その大きな幸せは彼の演奏をして生きとし生けるものすべてと一体にさせ、アリーダへの愛が

自分の中に溢れるように流れていることを感じ、その愛は彼の弾く調べにも流れ込み、生きとし生けるものすべてに流れ込む、アリーダは彼のところにやってくると、彼の隣に座る、彼はそのまま弾き続け、彼女はその手を彼の膝に置く、彼は弾いて弾いて、その演奏は空のように高く、空のように広がる、なぜなら、アリーダとアスレ、彼らは昨日出会ったばかりで、前に彼女が彼のところを訪れると約束してはいたが、この時までほとんど言葉を交わしたこともなく、昨日初めて話をしたのだが、それまでも互いに姿を見たことがあり、互いに魅かれていた、すでにその頃は少年が少女を、少女が少年を意識する年齢になっていたので、最初の出会いですでに彼らは相手を深く好きになっていた、何も言葉はなかったが、二人にはそれが分かっていた、そして昨晩二人は初めて言葉を交わし、互いのことを本当に知るようになった、昨晩アスレはレイテ集落の農家の結婚式で父シグヴァルドがフィドルを弾く時に同行したのだ、その農家は父シグヴァルドが母シリャと出会った夕べに演奏したところでもあり、当時結婚式を挙げたのはレイテの農民だったが、昨夜の結婚式はその家の娘で、アスレはそこで父シグヴァルドが演奏することを知ると、一緒に行っても良いかと尋ねた

ああ、いいさ、と父シグヴァルド

いいぞと答えるしかないからな

仕方ないな、お前もフィドル弾きになるつもりなんだろう

父シグヴァルドは言う、まあそういうことだな、俺はフィドル弾き、そうなるしかなかった、実際そうなった、なかなかうまくやっているほうだ、弾くことにかけちゃいっぱしの弾き手になったと言えるさ、フィドル弾きになったとすればもうフィドル弾きな訳で、それについてはもうどうしようもない、自分が弾いたら息子も弾き手になるさ、当たり前だろう、俺の親父のアスレも爺さんのシグヴァルドもフィドル弾きだった、フィドルを弾くのは家族の運命だった、フィドル弾きになるのは不運だとしても、まあ実際そうなんだが、フィドル弾きになったらそれしかない、そうなっちまったら、そう、もうどうしようもない、たぶんな、俺が思うに、父シグヴァルドはそう言うと、もし人にそれの道理を問われたら、それはおそらく悲しみと関係ある、何かに特定の事情についての悲しみであれ、または単なる悲しみであれ、音楽で悲しみが軽くなり、心が舞い上がり、心の舞い上がることが幸福や歓喜になるから、ゆえに音楽は求められ、彼は演奏しなければならない、悲しみのかけらを抱える者もいるから、みな演奏を楽しむのだ、そういうことだと父シグヴァルドは言う、なぜなら、音楽はひとの人生を昂め持ち上げる、それが通夜振る舞いの席であろうが、結婚の宴席であろうが、あるいは単に集ってダンスを楽しんでいるだけだろうが、だが、なぜ彼らだけがフィドル奏者の運命を与えられたのか、ああ、彼はなぜなのかはもちろん答えられない、知識も知恵もない自分だが、まだほんの若造の頃から、今のアスレと同じ年頃から、彼はいっぱしのフィドル弾きであり、そう、ちょうど今のアスレが優れたフィドル弾きなのと同じだ、彼とアスレは多くの点で似ている、ちょうど自分が今のアスレと同じ年頃、自分の父が結婚式の演奏を頼まれた際に、あと継ぎになることを決め、今度はアスレが父親に続くことを決めて訓練を受け、同様に夏の終わりになるとその父と一緒にちょっとしたダンスパーティーで弾くようになり、その後、父が通夜の演奏に呼ばれた時も同行し、まさに父と同じように結婚式、通夜、そして舞踏会で演奏するようになったが、父がそれをよしとしているのか、息子もまたフィドル奏者となることを好ましく思っているのか、それはまったく別の話、誰もそんなことは問題にしなかった、フィドル弾きの運命なんて誰も気にしないが、財産を持たない者は神から与えられた才能で、できる限りのことをしなければならない、それが人生だ

今晩フィドル弾きとして腕を試してみるがいい、と父シグヴァルド

一緒に結婚式に行き、俺が少しの間弾いたら、お前がフィドルを引き継いで一、二曲演奏するんだ

俺がみんながダンスに興じるまで弾くから、お前がその後の演奏を引き取るんだ

そして父シグヴァルドとアスレは一番上等な服に着替えた、母シリャが彼らに美味しい食事を出して、お行儀よくするのよ、飲みすぎたり、羽目を外したりしてしまわないようにねと注意し、父シグヴァルドは片手にフィドルケースを持って歩き、その傍らをアスレが歩いた、ほ

どなくしてレイテの農場に近づいた時、父は腰を下ろし、フィドルを取り出し調弦しては少し弾き、箱から酒の入ったスキットルを取り出し、ぐいと一口飲むと再び、今度は注意深く、あたかも手探りで進むように弾き、それからアスレに酒を渡し、お前も一口飲めと言った、アスレが飲むと、父シグヴァルドは今度はアスレにフィドルを渡し、フィドルもお前自身もウォームアップしろと言う、演奏というのはそれがベスト、こんな風にゆっくりと高めていく、ほとんど何もないところから引き上げて、何もないところから始めてそれから偉大な境地まで高めていくのが一番優れた演奏だと言った、アスレはそこに腰を下ろし、ほとんど何もないところから始め、一番底の底から弾き始め、それからゆっくりと、できるだけ低いところから弾き始め、自身を上へ上へと運んでいった

そう、その調子だ、と父シグヴァルド

もうお前は一人前のフィドル弾きだ

まるで今まで他のことは一切やったことがないみたいに弾けているぞ

そして父シグヴァルドがもう一口飲むと、アスレはフィドルを父に渡し、父シグヴァルドは彼に酒を渡すと、アスレもまた一口飲んだ、それから彼らは黙ってそこに座っていた

フィドル弾きの運命は呪われている、と父シグヴァルド

常に他所《よそ》に行っている、いつも家にいられない

そうなんだ、とアスレ

そうだ、愛しい者を後に残し、自分自身とさえ一緒にいられない、と父シグヴァルド

いつも他人のためにおのれを捧げて

そう、常にだ

完全に自分自身であることは許されない

他人の人生を完全にするために尽くすだけ

そして、自分にとって母シリャと息子アスレへの愛こそがすべてであり、遠出して演奏になど出かけたくなかったが、それ以外に何ができよう、彼にはほかに何の生きるすべがなく、財産と呼べるものは一銭もなく、あるのはフィドルと自分の身体、それにこの忌々しいフィドル弾きとしての運命だけ、と父シグヴァルドは言うと立ち上がり、そろそろレイテ農場に向かい仕事にとりかかろう、そのために金をもらっているんだから、続けて言う、アスレは始めのうち外で好きなことをしていればいいが、遅くなってから、今晩のダンスが軌道に乗ってきたら、中に入ってきて父に見えるところに立つのだ、その時に手を振って合図するから、俺は休憩してお前にフィドルを渡そう

そうしてお前が一、二曲弾くんだ、と父シグヴァルド

そしたら、その時お前もフィドル弾きになれるんだ

爺さんもそうやってフィドル弾きになったんだ、お前と同じ名前のアスレ爺さん
さあこれからお前もそんなふうに始めるんだ
俺もこうして始めたんだ
アスレは父シグヴァルドの声がかすれているのを感じ、父を見ると、立って目に涙を浮かべている、そして父の頰を涙が伝いだし、その頰がこわばると、手の甲で目頭を押さえ、涙をぬぐうのをアスレは見る
さあ行こう、と父シグヴァルド
アスレは前を歩いて行く父シグヴァルドの背中を、うなじで束ねている髪を目で追う、その髪は黒く、アスレのと同じぐらい黒かったが、今では白髪が交じり、またかなり薄くなっている、父シグヴァルドの足取りは重く、もう若くないが、まだそれほど老人というわけでもない、ここにいてはだめだという声が聞こえて、アスレが瞼を開くと、目の前に高く黒い帽子があり、また髭《ひげ》を生やした顔があった、男は片手に長い杖を、もう片手にランタンを持って立ち、アスレの顔の前にランタンをかざし、アスレの顔を直視する
ここで寝ていたらいかん、と男
ここで寝てはいかん、と男は続ける
アスレは男が長い黒外套《がいとう》をまとっているのが見えた

行きなさい
はい、とアスレ
でもどこに行けばいいのかわからないんです
住むところがないのか
はい
ならお前たちを連行し、逮捕することになるな
何も悪いことはしていませんよ
そのうちにするさ
男はふっと笑って、ランタンを下げる
夏は終わった、と男
秋も終わる、寒くていやに湿っぽい
でもどこで家を見つけられますか
それを俺に尋ねているのか
ええ
ビョルグヴィンには泊まれる飲み屋や木賃宿がたくさんあるぞ
ここインステ通り《ガータ》にだっていくつもある

宿泊できる飲み屋や木賃宿がですか、とアスレ
そうだ
それなら部屋を見つけられますね
そうだとも
でもそれはどこにあるのでしょう
一軒はこのすぐ向こうにある、この通りの先の反対側にある
そう言うと男はその方向を見て、指差した
壁に「宿」と書いてあるからわかるだろう
わかっているだろうが、宿賃は自分たちで支払わなければならないぞ
さあ、行くんだ、早く
男が去ると、アスレはアリーダがしゃがんで顎を胸にうずめ眠り込んでいるのを見る、ここに留まることなんかできない、この寒さの中、この暗さの中、この雨の中、晩秋の夜に、しかし、あと少しだけ、ほんの少しだけここで休めば元気になる、アスレはとても疲れていて、横になればその場所ですぐに寝入ってしまうほど、一週間寝続けられるほどに疲労困憊している、それから彼もまたしゃがみこんで、アリーダの髪に触れると、彼女の濡れた髪、彼女の髪を撫で、髪の間に指を通しながら、目を閉じると、身体がだるく疲れ果て、その時父シグヴァルド

がレイテ農場の居間に座って演奏しているのが目前に現れた、白髪交じりの長い髪がうなじのところで紐《ひも》で束ねられ、彼がフィドルの弓を手に取ると曲が流れ、立ち上がってスキットルから一口、ジョッキからも一杯飲むと、父シグヴァルドはあたりを見回し、アスレを見つけると、手招きして、フィドルを手渡す

さあお前の番だ、アスレ、と父シグヴァルド

そうだ、その調子

お前も少しだけ飲むんだ

そう言うと、アスレに酒を手渡し、彼がぐっと飲み、そしてもう一杯飲むと父シグヴァルドに返し、父はアスレにジョッキを手渡す

少しビールも必要だろう、と父シグヴァルド

フィドル弾きには景気付けが必要だ

アスレはビールを一口喉に流し込み、ジョッキを父シグヴァルドに返すと、腰掛に座りフィドルを抱え弦をはじいて少しばかり調整してから、肩の上に置き弾き始める、まずまずの出来で、弾き続けていると人々はダンスに興じるようになり、彼は弾き続ける、途中であきらめたくない、ただ進み続けたい、彼は願う、痛みを与える悲しみを追い払うことを、そんな悲しみを軽くすることを、悲しみが軽くなり気分が高揚することを、飛び立ち、重力を捨てて上昇し

ていくことを、彼にはそれができる、弾いて弾いて、音楽が持ち上げてくれる場所を見つけ、音楽が舞い上がり、そう、そう、そう、音楽が舞い上がる、そしたらもう彼は弾かなくてよい、音楽がひとりでに上昇してくれるから、音楽が独自の世界を奏でるから、そして聞こえるすべての者に音楽が届くから、彼が顔を上げると彼女がそこに立っている、アリーダがそこにいる、豊かに波打つ黒い髪と黒い瞳をした彼女が立っている。彼女が耳を傾けている。彼女は舞い上がる音を聴き、その中にいる。彼女は静かに立ち止まったまま舞い上がる。それから二人は舞い上がる、一緒に舞い上がる、彼と彼女が。アリーダとアスレが。彼は父シグヴァルドの顔を見て微笑む、彼の微笑には幸せが宿っている、父シグヴァルドはスキットルを手にして酒をぐいと飲む。そしてアスレは弾いて弾いて弾き続ける。アリーダが一緒にいる。アリーダの目に一緒にいる自分が映っている。アスレは昇って昇って昇り続ける。上昇が軽やかになると、彼は弓を挙げ、空虚の境地まで舞い上がらせる。そしてアスレは立ち上がり、父シグヴァルドにフィドルを返すと、父はアスレの肩に手をまわし息子を抱きしめた。父シグヴァルドはフィドルを手に、強くアスレを抱きしめる。それから父シグヴァルドは首を傾け、肩にしっかりフィドルを構えると、リズムを取って、弾き始める。アスレは豊かに波打つ黒い髪と黒く大きな哀しい瞳をしたアリーダのところに歩いていく。アリーダも彼に歩み寄る、そして、アスレは彼女の肩を抱き、外に向かう、二人が中庭に出て立ち止まるまでどちらも言葉を発しない、そこ

でアスレは手を放す
あなたがアスレね
君がアリーダだね
そして二人はそれから黙ってそこに立っている
今まで話したことがなかったね、とアスレ
そうね、とアリーダ
そして二人はそれから何も言わずにそこに立っている
でもあなたのこと見たことがあるわ
僕も君を見たことあるよ
そして二人はそれからまた黙って立っている
演奏が上手ね
どうもありがとう
私はレイテ農場で働いているの
今日は結婚式のお給仕をしたんだけど、ダンスが始まったから自由時間なの
僕の母さんもここで小間使いをしていたんだ
少し散歩しない、とアスレが誘う

いいわよ
この先に、海まで見える小高い丘があるのよ
ちょっと行ってみない、と彼女
じゃあ、そうしよう
そして二人は並んでそこに向かい、アリーダが指差して言う、あの向こうがその丘よ、そこから海が見えるの、丘にいるとレイテ農場とその中の建物は見えないの、それって素敵でしょ、と彼女は言う
あなたには兄弟はいるの、とアリーダ
いない
私には姉がいるの、オリーネって名前の
でも姉とはうまくいってないの
あなたにはお父さんもお母さんもいるんでしょう、と彼女
うん
私にも両親がいたんだけれど、父はどこかに行ってしまったの、もうずっと前のことだけど
父に何が起きたのか誰も知らないの
そうなんだ

突然いなくなってしまったのよ
そして二人は丘に登ると、そこにあった大きくて平らな石に腰かけた
あなたに伝えようと思ったんだけど
うん
あなたが弾いてる時ね
うん
あなたが演奏している時に、私の父の声が聞こえたの
いつもね、私が小さかった頃、父はいつでも私に歌ってくれてたの
それがたった一つの父アスラックの思い出なのよ、とアリーダは言う
父の声を覚えているんだけど
父の声はあなたの演奏に似ていて、と彼女は言い、それから彼女はアスレの近くに座りなおしたが、二人は何も言わずにじっと座っている
君の名はアリーダだね
私がアリーダよ、それがどうしたの……
そして彼女は少し笑い、父アスラックがどこかに行ってしまってもう会えなくなってしまった時、彼女はたった三歳だったこと、彼の歌を覚えていること、それが唯一の父の記憶だと言

う、彼女は、なぜかわからないが、アスレが弾いているのを聞いた時に、その演奏中に父の声が聞こえたと言ってアスレの肩によりかかり、それから涙を流し、腕をアスレの体に回し、彼に身を寄せ泣いていたが、彼は何を言えばいいのか、どうしたらいいのか、自分の手をどこに置けばいいのか、自分自身をどうすればいいのかまったくわからないまま、彼はアリーダに腕を回している、彼女をしっかりと抱きしめ、お互いを感じ、二人は同じ音楽を聴いて一緒に舞い上がるのだと感じ、同じ高みにいると感じ、アスレは自分のことよりもアリーダのことで頭がいっぱいになり、この世のすべての幸福が彼女のものになるようにと願っている自分を感じていた

明日は君が船小屋まで来るんだよ

そうしたら僕が君だけのためにもっと弾いてあげる

小屋の外のベンチに座って、僕が君のために弾くんだ

アリーダはどうしましょうと言う

それからまたここに戻って来ましょう、この小高い丘に、と彼女

アスレとアリーダは立ち上がると、そのまま景色を見下ろし、そして互いに視線を移し、互いの手を取り合ってそこにじっと立っている

向こうが海、とアリーダ

海が見えるのはいいね、とアスレ
それから二人は黙る、もうすべては定められ、言うべきことも言ったほうが良いこともなく、
すべてが言い尽くされ、運命は定められた
あなたが演奏して、父が歌う
アスレは突然驚いて目を覚まし、アリーダを見る
いま何て言った
アリーダが目を覚まし、アスレを見る
私何か言ったかしら
いや、何も言っていないかもしれない、とアスレ
私が覚えている限りではね、とアリーダ
寒いかい
ちょっと
でも、何も言ってないわよ
僕は君が君のお父さんについて話すのを聞いたんだけど、夢だったのかもしれない
私の父について……
きっと夢をみていたのね、私

夢を見ていたんだね
そうね
アスレは彼女の肩に手をかける
夏だったわね、と彼女
暑かったわ
あなたのフィドルを聴いた、あなたは船小屋の前のベンチに座って弾いてくれたわね、とても素敵だった、父がやって来て歌い、あなたが弾いて
さあもう行こう、とアスレ
ここに座って眠っていちゃダメだ
あなたも寝ていたの、とアリーダ
うん、そうだ、ちょっとうとうとしたと思う
アスレは立ち上がる
家を見つけないといけない、と彼
そしてアリーダも立ち上がり、二人はその場にしばらくじっと立ったまま、アスレは荷物を持ち上げ、肩に乗せる
進まないとだめだ、と彼

でもどこに、と彼女
この先に木賃宿というところがあるんだ、通りの反対側に、そこで部屋を見つけることができるよ、とアスレ
この通りはインステ通り《ガータ》というんだ、と彼
アリーダは網袋を手に取り立ち尽くす、アリーダよ、胸まで伸びる濡れた黒い髪、暗闇の中黒い瞳が輝き、大きなお腹を抱えた彼女がそこにいる、穏やかな目でアスレを見つめ、彼はかがんでフィドルケースを拾い上げるとゆっくりと通りの先に向かって、暗闇の中を、寒さの中を、雨の中を、深まる秋の中を進み、通りを横切る
そこ、扉の向こうに「宿」と書いてある、とアスレ
本当、知っていたのね、とアリーダ
アスレが進み、扉を開け、アリーダの方に振り向く
さあ来るんだよ
アリーダがゆっくりと進み、アスレの前を通って建物に入り、アスレが続いて入ると、暗がりの中に机に座っている人影がぼんやりと見え、その机の上でろうそくが灯っている
ようこそ、と男
彼は二人に目を向ける

部屋はありますか、とアスレ
ご用意できると思いますよ、と男は言い、彼は二人のいる方を見るが、アリーダの大きなお腹に視線がとまる
ありがとうございます、とアスレ
ええ、ご用意できますとも、と男
すみませんね、助かります、とアスレ
その男はアリーダのお腹をまだ見ている
さて、と男
アリーダはアスレの方を見る
何泊しますか
わかりません、とアスレ
数日だけなら、と男
はい、それで、とアスレ
ビョルグヴィンには着いたばかりですかい、と男
彼はアリーダをじっと見る
はい、とアリーダ

どこから来られたのですか
ディルジャからです、とアスレ
ああ、ディルジャからですか、と男
じゃあお部屋をご用意できると思います
ぐっしょり濡れて、身体が冷え切っているようだし、こんな寒い夜は歩けないでしょう、雨も降ってるし、それにもう冬も近いことだし、と彼
ありがとうございます、とアスレ
男は自分の前の机にある宿帳にかがみ込むと、アリーダは急いでアスレを見て、彼の手を取り、懇願するようにアスレを見つめるが、アスレがわかってくれないので、彼女はアスレの腕を取り、彼を引っ張って外へ出ようとし、アスレがそれに続く、男は宿帳から目を離すと、なんだやっぱり泊まらないのか、でももしどこかに泊まる場所を見つけなければならないことに気付けば、そう、戻っていらっしゃいと言う、アリーダが扉を開け、アスレは扉を開けたままで、二人は外に出て、通りに出ると、アリーダはあの木賃宿、そこには泊まれない、あなたは気付かなかったの、あそこに座っていた男の目に気付かなかったの、その目が何を語っているのか気付かなかったの、何もわからなかったの、私しかわからないのかしらとアリーダは尋ねるように言うが、アスレは彼女の言うことが理解できない

でも君はとても疲れていて、びしょ濡れで凍えているから、君のために部屋を見つけないとならない、とアスレ

うん、とアリーダ

そしてアスレとアリーダは雨の中インステ通り《ガータ》をゆっくりと下り、開けた場所に出て、一歩、また一歩と先に進み、とある街角まで来ると、その通りの端の空間にヴォーゲン湾が見える、さらに下っていくと、ブリッゲンの波止場と、前を歩く一人の老女の姿が目に留まった、それまでは気付かなかったが、この時になってアスレは自分たちの前を彼女が歩いていることに気付いたのだ、老女は風と寒さと雨に向かって身をかがめるようにして歩き続けているが、彼女は一体どこから来たのか、突如そこに出現したようにしか思えないが、どこかにある小さな脇道から出てきたに違いなかった、いや、そうに違いない

私たちの前のあの人、どこから来たのかしら

僕も同じことを考えていたんだ

突然そこに現れたんだ

そうね、通りで前を歩く姿が突然目に入ったの

君は疲れているんだ、とても

そう、とアリーダ

前を歩くその老女は立ち止まり、大きなカギを取り出すと、暗闇に建つとある小さな家の扉の鍵穴に差し込み、扉を開けて中に入っていく、アスレはこれは自分たちが最初に部屋を貸してほしいと尋ねた家だと思うと言うと、そうね、私もそう思うとアリーダが答え、アスレは急いでそこに行く、取っ手を摑んで、扉を開ける

僕たちのための部屋はありませんか

その女がゆっくりとアスレの方を向くと、ショールから顔を伝って水が流れ落ちる、そして、アスレの顔にランプを近づける

あら、あんたまた来たのかい

さっきも来たわね

あたしが言ったことを覚えていないの

物忘れがひどいね

あんたたちのための部屋

はい、今晩の宿をどうしても必要としているんです

あんたたちのための部屋なんてないんだよ、と老女

何度言えばいいのかね

アスレは扉を押さえて開けたままにしアリーダに合図すると、彼女は中に入り玄関に立つ

部屋が必要なのはあんたたち二人ね
わかるけど
しっかりと考えておくべきだったわね
そんな風になる前に
僕たち、一晩中外で過ごすことはできないんです
そうだね、誰がこんな晩秋の雨の中そんなことができるさ
今は無理だね、こんな雨とこの寒さの中じゃ無理さ
冬も近いビョルグヴィンでは無理ってもんだ
私たち行く当てがないんです、とアリーダ
その前にしっかりと考えておくべきだったのに、と老女
でもそこまで考えなかったんでしょ
そして彼女はアリーダの姿を見る
他にも困っていることがありそうね
あたしは人生であんたのような子をたくさん見てきたのさ
このうちにはそんな娘がよく来たわ
あたしが部屋を貸すとでも思っているのかい

あんたとそのろくでなしの子供に部屋を提供するかって
あたしのこと、どんな人間だと思っているの
そんな優しい女だと思っているの
だめだよ、さあお行き
彼女は空いているほうの手を振り、二人を追い払う
でも、とアスレ
でもじゃないんだ、と老女
彼女はアリーダを見る
あんたみたいなのをこの家でたくさん見てきたのさ
あんたみたいな女をね
あんたみたいな女は街を歩き回って寒さに凍えるのがふさわしいんだ、それ以外には何もないんだよ
考えてごらん、愚かなふるまいをしたもんだね
立ち止まって考えてみるべきだったのに
アスレはアリーダの肩に手を置き、玄関の中の廊下に導き、後ろ手に入り口の扉を閉める
ちょっと何するんだい、と老女

ああこんな目にあわなければならないとはねえ、神様
アスレは荷物とフィドルケースを玄関に置いて女に近寄り、女の握るろうそく立てを奪うように彼女の手を緩めさせると、その場でアリーダに光をかざす
こんなことして、高くつくよ、と老女
さあ、前を通すんだ
アスレは彼女が通れないよう遮っている
さあ君は中に入るんだ、と彼
アスレは廊下にある扉の一つを開け、部屋に灯りを持ち込む
キッチンに行くんだ、とアスレ
アリーダはそこに立ちすくんでいる
さあ早く、君はキッチンに行くんだ
アリーダは開いた扉から中に入ると、窓の傍のテーブルの上に灯されていないろうそくがあることを見て、そこに網袋を置くと、明かりを灯し、テーブル横の椅子に腰を下ろす、開いた扉の方を見ていると、廊下でアスレが女の口を塞いでいるのが見える、すぐにアスレは扉を閉め、アリーダはテーブルの下で足を伸ばし、何度か深呼吸をし、それからろうそくに手をかざす、灯は暖かい、とても暖かくて、突然幸福感が彼女を満たし、目には涙が浮かぶ、椅子に座

ったままその炎を眺めるが、彼女は本当に芯から疲れており、身体も冷え切っている、アリーダはゆっくりと立ち上がるとろうそくを持ちストーブの方に向かい、ストーブの傍に薪があるのを見ると、数本の薪をストーブに入れて火をつけ、横に立った、疲れすぎて、今自分がどこにいるのかもわからない、それにお腹もすいた、でも私達には食べ物、それもたくさんの食べ物があるから、もうすぐ食事をとって、そして徐々にストーブが私たちを暖めてくれるだろう、彼女はストーブの上に手をかざし、再び深呼吸する、壁沿いに長椅子が見えたのでそこまで歩く、アリーダは上着を脱いで、椅子の上にあった毛布で身体を包むと横になり、目を閉じる、通りの雨音が聞こえる、ろうそくの火を消すと、車輪のような軋《きし》む音が聞こえてきた、それは車輪が道の石畳にあたる音だ、それから彼女は霧が晴れ、太陽が顔を出し、海が目の前に広がり、穏やかに輝くのを見る、その時アスレが通りを歩いているのが見えた、二つばかりの樽《たる》を載せた荷車を引いている、アリーダは、隣に立っている男の子の豊かな黒い髪に触れ、その髪を撫でると、私の可愛い子シグヴァルドと呼びかけながら、その小さな息子シグヴァルドのために、父アスラックが彼女のために歌っていた曲を歌う、今度は彼女が小さなシグヴァルド、彼女の小さな男の子のために歌い、子は大きな目で母を見つめる、フィヨルドと海が接する部分に、一隻の高いマストの船が、風がやんで穏やかで煌めく海を漂っているのが見える、それから彼女は暗闇に融けていく明るい星となり、だんだんと消滅していく、その時声が聞こえ、

目を開けると、アスレがそこに立っていた
寝ていたかな
ええ、眠ったと思う、とアリーダ
長椅子に向かい手にろうそくを持って立っているアスレが見え、その灯りの中で見えるものは彼の黒い瞳だけで、その瞳に、小さな頃に父が歌ってくれた声を見る、どこかに行ってしまい、永遠に会えなかった父の
何か食べよう、とアスレ
お腹が空いたよ
私もよ、とアリーダ
彼女が長椅子の端で身体を起こすと、キッチンは暖かくなっていて、ぽかぽかと心地よい、まとっていた毛布を取って下に敷いて座ると、彼女の胸は大きな腹の上に重くのしかかる、それからアスレが服を脱ぎ始める、彼は彼女の隣に座り、彼女の肩に腕を回す、それから二人は横になり、一緒に一枚の毛布をかける
まず少し休もう、とアスレ
あなたはずっと長いこと寝てなかったわね
うん

とても眠いはずよ
うん
それにお腹も減っているでしょう
本当に腹ペコだよ
まずちょっと休んで、それから食べよう
それからアスレとアリーダはぴったりと寄り添い、互いを抱きしめる、その時アスレは彼の船がすっきりと規則的に進んでいくのを見る、行く手にはビョルグヴィンがある、ビョルグヴィンには多くの家がある、まもなく到着する、やっと到着する、舳先に座っているアリーダが見える、すべては順調で、うまく成し遂げた、何とかビョルグヴィンに到着し、そこから新しい生活が始まるのだ、舳先にいるアリーダが立ち上がると、とても大きく見える、アスレは感じる、自分はこのために作られたのだと、大切なのは自分ではない、大切なのはあの偉大なる高揚、それを演奏が教えてくれた、それを悟るのがフィドル弾きの運命だ、彼にとっての偉大なる高揚はアリーダという名だ

II

アスレとアリーダは、ビョルグヴィンにあるインステ通り《ガータ》の小さな家のキッチンにある長椅子に横たわり、二人は眠って、眠って、また眠っていたが、アスレが目を覚まし、目を開けて部屋を見回すが、はじめ自分がどこに居るのかわからず、アリーダが口を開けて自分の隣で寝ているのを見て、キッチンが寒くて暗いことに気付き、立ち上がって灯りをともし、その時になって記憶がよみがえり思い出し、ストーブに薪をくべて火を点け、アリーダのところに戻り毛布に潜り込む、それからアリーダにぴったりと体を寄せ、ストーブからパチパチという薪が燃える音が聞こえ、外の通りや屋根を打つ雨の音が聞こえ、腹が減っているが、ブローテに住むアリーダの母ヘルディスの食料庫から美味しい食べ物をたくさん失敬してきたから、部屋が暖かくなったら起きて食事をし、後で市場とブリッゲン波止場に行き、仕事を探そう、きっと何かすることが見つかって金が稼げるだろうと考えながら、アスレはアリーダを見ると、彼女も目を覚ましたようだ

起きたんだね、とアスレ
そこにいるの、とアリーダ
うん、ここにいるよ
良かった
そして二人は部屋を見渡しながら横になっている
それにストーブもつけてくれたのね、とアリーダ
うん、そうだよ、とアスレ
それから二人は静かに横になり、アスレが何か食べ物を持って来ようかと言い、アリーダはええ、お願いと言い、アスレは食料を取りに行き、それから二人は身体を起こし、座って食事をとる、食べ終わると服が乾いていたので着替えをすまし、それからディルジャの船小屋から持ってきた二つの荷物を解く
もうこの家の中を見てきたの、とアリーダ
いや、とアスレ
それからアリーダは最も近いドアを開け、アスレが灯りを持ってその部屋に入ると、それが小さな居間だとわかった、壁には美しい絵が掛けられ、テーブルと椅子があり、またさらに扉があり、アリーダがそれを開けてアスレが灯りを持って入ると、居間の奥にはまた小さな部屋

があり、そこにはカバーがきちんと整えられたベッドが置いてあった
素敵な小さな家ね、ここは、とアリーダ
そうだね、とアスレ
とっても素敵なおうちだわ、とアリーダ
すると彼女は身をかがむと突然、とても痛い、痛いわ、お腹が殴られたみたいにとても痛い、この痛さはきっとまもなく赤ん坊が出てくるのだと言い、アスレにおびえた表情を見せ、アスレは彼女の肩を抱き、その部屋のベッドに寝かせて毛布を掛けると、アリーダは体を丸くして、叫びながら身体をよじり、今赤ちゃんが生まれるわとどうにかつぶやく、アスレは手伝ってくれる人を見つけなければならない
助けを呼ばないと、と彼
生まれちゃうわ、と彼女
産婆さんを呼んでもらわないと
ああ、そうだ、と彼
すると彼はアリーダが今はまた落ち着いて横になっているのを見る、いつもの彼女に戻っている
まもなく子供が生まれるから、あなたは誰か手伝ってくれるひとを見つけてきて、と彼女

誰を、とアスレ
わからないわ
でもとにかく誰か見つけて、と彼女
こんな大きなビョルグヴィンの街なんだもの、誰か私を助けてくれる人がいるはずよ
うん
産婆さんだね、わかった
それからアリーダは大きく叫び、ベッドで身体をよじらせている、彼は誰に、一体誰に頼めばいいのか、ビョルグヴィンに知り合いはいない、この大きなビョルグヴィンの街中を探してもどこにもいない、するとアリーダは再び穏やかに横になっている、いつものように
誰かを連れてきて、とアリーダ
そしてまた叫ぶ、身を激しく反ってよじり、毛布の中で腹が持ち上がる
うん、わかった、すぐに行ってくる、とアスレ
彼はキッチンを通り玄関ホールに向かい、外に出るが、インステ通り《ガータ》は灰色で薄暗く、この雨降りの天気では、人っ子一人いない、それはそうだろう、昨日はあんなに人出があったのに今は誰一人いやしない、しかし彼はアリーダを助けてくれる者を見つけなければならず、通りを進んで端の方まで行き、それから市場まで行けば、そこで誰かしら見つけられるだろう、そ

こで通りの端まで来て市場の方を見ると、前方に昨日会った杖を持ち高い帽子をかぶり髭をたくわえた男、長く黒い外套を着たあの男が自分の方に歩いてくる、自分の前数メートルのところでこちらに向かっているのを見て、助けを求めに彼のところに歩み寄った
あのう、とアスレ
はい、と男
すみませんが、とアスレ
なんだね
手を貸してもらえませんか
場合によりけりだが、出来るかも
妻が出産するんです
私は産婆じゃない
はい、でもどこで産婆を見つけられるのかご存じないでしょうか
男はその場に立っているが、黙って何も言わない
そうだ、この通りの先に年配の女性がいる、と男
彼女ならそういうことに詳しいはずだ
彼女に訊いてみよう

それから男はゆっくりと短い歩幅でインステ通り《ガータ》を進みだす、一歩一歩ゆっくりと威厳を保つように歩きながら、二歩ごとに杖を前に動かし、アスレは彼の少し後ろに付いて歩き、男がまさにアリーダが大声をあげて身体をよじっているその小さな家に向かって歩いているのを見ていた、男はアスレとアリーダが晩秋の雨と風と暗闇から逃れる場所として見つけた家の前で立ち止まり、扉を叩くと、そこに立ってしばらく待ち、それから彼はアスレの方を振り向いて、産婆はいないようだと言い、それからもう一度扉を叩いて待つ

だめだな、と男

ここの産婆はどうも不在のようだ

他に心当たりはあったかな

そういえば、スクーテヴィーカ地区にもうひとり産婆がいる

そうだった

市場の方に向かい、ブリッゲン波止場を過ぎて、更に郊外に行くんだ、ずっと行けばスクーテヴィーカにたどり着く、そこでもう一度道を尋ねるとよい、と男

アスレはうなずくと、彼に感謝の言葉を述べ、向きを変えて再び通りの先の方に向かい、市場からブリッゲン波止場を通り、更に郊外に向かう、雨が降り、寒くなるが、アスレは進み、スクーテヴィーカにたどり着き、道を尋ね、産婆の家を知り、彼女の家の扉を叩くと、彼女が

いて、なら一緒に行くわと言い、彼について来て、一緒にインステ通り《ガータ》の小さな家に向かう
あら、奥さんはここの産婆の家にいるんだわね、とスクーテヴィーカの産婆
でも彼女が手伝えないくらいなら、私だってどうしようもない、と彼女
アスレは玄関扉を開け、灯りをつけ、居間のドアを開けると、産婆は居間に入る
この部屋にいるのね、と彼女
アスレがうなずき、そうですと言う、部屋は全く静かで、何も音が聞こえてこない
旦那さんはここにいなさい
彼女は灯りを手にして進み、部屋のドアを開けて中に入り、また閉める、完全な静寂、穏やかな海のように静寂な時間が流れ、時は止まり、部屋からは物音ひとつせず、その時玄関の扉を叩く音が聞こえ、アスレが廊下に出て扉を開けると、高い帽子をかぶり、髭面で、杖を持ち、長い外套を着たあの男がそこに立っているのを見た
ここにいたのか、と男
ええ、とアスレ
妻が出産中です
でもここの産婆は不在だろう、と男
アスレは何と答えるべきかわからない

彼女ではなく、別の産婆さんが来てくれました

変だな、と男

そこに地球が割れたような恐ろしい叫び声が聞こえ、それから何度も悲鳴が聞こえ、男は首を横に振ると、ゆっくりとまたインステ通り《ガータ》へ去って行った、アスレは外に出て、インステ通り《ガータ》を下り、市場に出てブリッゲン波止場に進み、どんどん歩きに歩いて、市場に引き返し、それから急いでインステ通り《ガータ》に帰ってきた、その小さな家に戻ると、スクーテヴィーカの産婆がキッチンのテーブルの前に座っている

あなたはもう父親になったのよ、と彼女

素晴らしい男の子ですよ

彼女は立ち上がって居間を通り、あの部屋のドアを開け、そこに立ってアスレを見る

でもここの産婆がどこにいるのか知ってるかしら、と彼女は尋ねる

いいえ、とアスレ

そう、まあ、部屋にお入りなさい、と彼女

アスレは部屋に入ると、アリーダがベッドにいて、彼女の腕の下に黒い髪を持ったものが横たわっている

小さなシグヴァルドが生まれたんだね、とアスレ

そしてアリーダがうなずくのを見る
小さなシグヴァルドが生まれたんだ、と彼
そして彼は見る、小さなシグヴァルドがその目をわずかに開けて、黒く輝く瞳の視線を彼に
向けて放つのを
小さなシグヴァルドね、とアリーダ
アスレはそこに立ち尽くし、時間は過ぎるようで止まっていて、産婆はスクーテヴィーカに
戻る、もう私は必要ないだろうと言うのを聞き、ただそこに立ってアリーダを見ている、彼女
は横になって小さなシグヴァルドを見ている、それからアスレはベッドに近づき、小さなシグ
ヴァルドを抱き上げる、高く高く
ああ、本当に、とアスレ
今は私たちだけ、とアリーダ
君と僕、とアスレ
それに小さなシグヴァルドも、とアリーダ

オーラヴの夢

彼は曲がり角に来た、その曲がり角まで来るとフィヨルドが見える、オーラヴは考える、自分は今はオーラヴになった、もうアスレではない、アリーダもアリーダではなく、オスタだ、そして二人はオスタとオーラヴ・ヴィークなのだ、オーラヴは考える、今日はビョルグヴィンに行き、そこで用事を果たすのだ、彼は曲がり角まで来て、フィヨルドがきらきらと輝いているのを眺める、彼はそれにさっき初めて気付いた、今日はフィヨルドが輝いている、そうだ時々フィヨルドはそうなることがあるのだ、そうすると、つまりそれが輝いている時、フィヨルドに山容が映り、その山の影の奥に見えるフィヨルドは驚くほどに青い、その鮮やかに輝くフィヨルドの青が、空の白と青とに微妙に交じる、そう考えながら歩いていると、道の前方の男の姿が目にはいる、ずっと離れたところにいるが、それが誰なのか、その男を知っているように感じる、以前に会ったことがある、おそらく、彼の歩き方の何かがそう思わせる、前かがみ、だが以前に会ったことがあると思ったがそれはこの男ではないな、なぜ自分の前を人が歩いているのか、バルメンの道を、なぜならここではめったに人を見かけることはない、この男は突然現れた、この男は、今自分の前を歩くこの男は大柄でなく、それどころか非常に小男だ、黒い服を着て、ゆっくりと歩く、少し猫背で、緩慢に、一歩そしてまた一歩という具合に、前かがみになって歩いている、まるで歩きながら考えごとをしているかのように、たぶん、そんな風に男は歩いている、頭には灰色のニットの帽子をかぶっていた、なぜそんなにゆっくり歩くのか、オーラヴは速度を落とさなければならない、どんなにゆっくりと歩こうとも男にどんどん接近している、それにオーラヴはのんびり歩きたくはないのだ、できる限り速く歩き、ビョルグヴィンまで歩き、しなければならない用事を済ませ、できるだけ早く家に戻りたい、オスタと小さなシグヴァルドのもとに、だが何もなかったように彼の前を通り過ぎることができるのか、まあできるだろう、そしてそうしなければならない、オーラヴは考える、できる限りゆっくり歩いたとしても、男にどんどん接近してしまう、そもそもなぜ男はここに来たのか、ここに来る者なんかいない、自分たちがバルメンに住み始めてから誰一人来たことがない、だからなぜこの男が自分の前を歩いているのか、ほとんど障害物のように、もしオーラヴがいつものペースで歩いていたなら、ついさっきまでそうだったのだが、そうしたらとっくの昔に男に追い付いていただろう、それもずっと短い時間で、もし自分が思い通り、できるだけのスピードを出して歩いていたら、そうすれば男にまもなく追い付き、追い越していただろう、そうだ、追い付いたら追い越さなければならない、いや、それは困る、というのは、そうすれば男は彼の顔を見ておそらくついでに話しかけて来て自分のことを誰だか認識するだろう、なぜならたぶんオーラヴはその男を知っているか、以前に会ったことがあるからだ、それはあり得る、あるいは少なくともその男が自分を知っているかも知れない、たとえ自分がその男を知らなくてもその男は彼を知っているかもしれない、そうもちろん、もしかしたら正にそれがこの男がここに来た理由なのかも知れない、自分を見つけに来たのかも、男がここを歩いているのは他でもなく自分を捜すためなのかも知れない、彼はあるところで自分を追っていた、そこからまた別の場所に移動して、自分を捜し出そうとしている、そんな感じがする、突然あたかもそうであるように、男が捜しているのは自分だ、なぜだ、なぜあいつは僕を捜しているのか、どういうことか、そしてなぜそんなにゆっくりと歩いているのか、オーラヴは考え一層ゆっくりと歩きだし、フィヨルドを見て、それが煌《きら》めき青く輝いているのを見て、珍しくフィヨルドが輝いている日に限って、なぜ自分の前を男が歩いているのか、黒っぽい男が、小柄な男が、猫背の男が、灰色のニット帽をかぶった男が、それにあいつは僕をどうしたいのか、絶対に何か良いことではないだろう、そんなはずはない、男は何かが欲しいわけではないだろうに、ではなぜ男は彼を追って今ここに来たのか、なぜ彼はそんなことを考えているのか、何をたくらんでいるのか、オーラヴは考える、もし男が振り向いて自分を見さえしなければ、なぜなら男に気付かれたくないから、でも男はとてもゆっくり歩いているから自分もゆっくり歩かなければならない、そして男が立ち止まると、オーラヴも立ち止まる、しかしこんな風にそこに立ち止まっているわけにはいかない、彼はビョルグヴィンに行く途中だ、できるだけ早くビョルグヴィンまでたどり着いてさっさと用事を済ませ、また家に帰りたい、だからこんな風に立ち止まって道の前方にいる男を見ていられない、それよりとっくに駆け出すべきだった、もしできるなら今一足飛びに走ってあいつを抜き去るべきだ、たとえ呼び掛けられても、答えない、彼はただ全力で走り、追い越す、あいつを追い越す、なぜなら、僕はこんな風に立ち止まっていられないからだ、こんな風にゆっくり、とてもゆっくりと、決してこんな風に歩いたことはない、いつも着実に前に歩を進めている、そう、走らない限り、そう言えばそんなこともあった、走ったことも、でもそれほど頻繁にではなかった、いやこんなことをしている場合じゃない、とオーラヴは考えいつものペースで歩き始める、しっかりと、男にどんどん近づく、そして追い付く、男は彼を見、彼はそれが老人であるとわかる、その老人が立ち止まる

ああ、お前だったのか、と老人

彼は息を切らしている

そうか、お前だったのか、そうか、と老人
そしてオーラヴは先を急ぐ、老人にうっすらと見覚えがあったからだ、だがどこで見たのか、
ディルジャだったか、ビョルグヴィンか、少なくともここバルメンでは見たことがなかった、
それは確かだ、というのは、ここには誰もいなかったからだ、少なくとも今日までは誰にも会
ったことがなかった
お前だったか、と老人
オーラヴは先を進み振り返らない、というのは老人が自分を知っているような雰囲気だった
から
覚えていないかね、と老人
やあ、アスレ
お前とちょっと話がしたい
訊きたいことがあるんだ
俺はお前さんのことでここに来ているともいえる
俺のことを、お前は俺のことがわかるだろう
アスレ、待て
止まれ、アスレよ

俺のことを覚えているんだろう
最後に会った時のことを覚えていないのか
俺のことを覚えているだろう
おい、そうなんだろう
今すぐ止まってくれ、ちょっと話がしたい、お前に会うためにここまで来たのだから
お前を捜すために来たんだ、お前たちをだ、ありていに言えばな
お前さんたちがここらへんのどこかに住んでいると聞いてたんだが、住処が見つからなかった
アスレ、アスレよ、止まれ
オーラヴは老人が誰なのかを必死に考える、なぜ自分のことをアスレと呼んだのか、なぜアスレと話をしに来たのか、そしてオーラヴはできる限り速く歩き、老人から逃げなければならないと考える、老人は一体何が望みなのか、しかし走らないと、いやそれは嫌だ、ただ歩く、できるだけ速く歩く、というのは老人はとてもゆっくり歩くからだ、ゆっくりと、一歩また一歩と、そして老人は自分を捜しに、彼らを捜しにここに来たのだと言った、オーラヴは考える、老人がそう言うなら、本当に違いない、あるいは自分を怖がらせるために言っているだけかもしれない、ただ自分と話したいからそう言っているだけかもしれない、それにどうして自分の

名前を知っているのだろう、オーラヴは考える、しかしあいつはちっぽけな背中の丸まった老人だから、いざとなればいつでもどうにかすることができる、とオーラヴは考える

何をそんなに急いでいるんだ、と老人

待て、待つんだ

老人は叫ぶようにオーラヴに呼び掛ける、彼の声は細く、軋《きし》んだような声でオーラヴを呼ぶ、オーラヴはただ歩き続け、返事なんかするものか、絶対に答えるものか、と彼は考える

聞いてくれ、頼むから、と老人

振り返るものか、とオーラヴは考える、というのは、もう彼は老人を追い越してある程度先まで来ているからだ、そして彼は今いつものペースで、しっかりと、しっかりと歩く、歩き続けるんだ、と彼は考えそして振り返る、一瞬だけ、ほんの一瞬だけ

何をそんなに急いでいるんだ、と老人

待て、待つんだ

俺のことを覚えてないのか

思い出さないか

ああ、そうか覚えてないんだな

思い出すんだ

止まれ

止まるんだ、アスレ

彼は大きな声で呼び止める、恐ろしい絞り出すようなすすり泣くような声で、ほとんど叫んでいる、オーラヴは立ち止まって老人の方を向く

僕に構わないでくれ、とオーラヴ

いや、だめだ、と老人

しかし、俺のことを覚えていないか

ええ、とオーラヴ

そうか、お前は大した奴だな、と老人

その言葉はオーラヴを動揺させたが、また気を取り直して老人にくるりと背を向けると、さて、とオーラヴは考えた、間違えた、いつもそうなんだ、自分はなぜ老人に言ったのか、僕に構うなと、どうしていつもこんなことを言ってしまうのか、どうしてなんだ、なぜありのままに普通に話せないのか、どうして自分はこうなのか、オーラヴはそう考えると同時に自分が変わったように感じる、ものの見方が変わったような気がする、もしかしたら、違ったように聞こえるようになったのか、そうかもしれない、とにかくそれより一体全体この老人はなんだ、何者なんだ、そうオーラヴは考えるとまた振り返って、老人の姿を見ようとすると、彼はさっ

きすぐそこにいたはずなのに、老人に話しかけた、今まさにここで見かけたはずなのに、そうだろう、そうだ、そうだもちろんそうだ、しかし彼は今どこへ行ったのか、空中に消えてしまうはずがない、オーラヴは考え、先を急ぐ、歩き続ける、というのは、彼は今ビョルグヴィンに行き、用事を済ませ、オスタと小さなシグヴァルドのいる家に帰る、家に帰ったら、その指に指輪をはめる、そうしたら自分たちは結婚していなくても、とにかく結婚しているように見えるだろう、フィドルを売って手に入れた金を持っているから、彼らに指輪を買うために、そのために金を大事に取ってある、そう、今、この晴れた日に、このフィヨルドが青く輝いているこの日に、彼はビョルグヴィンまで出かけ、そこで指輪を買う、それから再びオスタと小さなシグヴァルドのところまで帰り、それからはもう絶対に二人を置いて行くことはしない、家に着いたらオスタの指に指輪をはめてあげるんだ、そしてもう絶対に二度と離れるものか、他には何も考えられない、オスタ、彼女の指にはめてあげる指輪、歩いて歩いて、オスタと指輪、歩き続けながら考えていることはそれだけ、そうしているうちに彼はビョルグヴィンに着いた、とある通りに入る、そこは今まで足を踏み入れたことがない通りだ、彼の目の前、通りの終わりにひとつ扉が見える、数メートル先に扉があり、彼はその扉まで進む、褐色の重厚な、そんな扉だ、その扉を開けて重そうな丸太が重なり合った暗い廊下に入る、と声が聞こえ、廊下の端に灯りが見える、そして声が聞こえる、一度に大勢が話している喧噪、彼は廊下を進み、光の差す場所に入る、灯りに半分だけ照らされている多くの顔が見える、煙で半分隠されている、目と歯と帽子と頭が見える、彼らはテーブルの傍に座っている、帽子と頭をぎゅうぎゅうに突き合わせて、すると突然部屋の中から笑い声が起こり、数人がカウンターのところに立ってい て、そのうちの一人が振り向いて彼に視線を合わせたので、オーラヴは二、三のテーブルのすき間をなんとか縫ってその男の目の前に立ち、そのまま立ち続ける、そこからどこにも動けない、さて今はさらに多くの者が背後にやってきた、だから彼はそこに立っているしかない、もしカウンターに行ってビールを注文したいのであれば、我慢強く待つしかない、彼は考える、まあ大丈夫だろう、ここはそんなに悪くない、灯りと笑い声がある、そう考えると、そのまま立ち続け、誰も彼に注意を払わない、誰もが自分のことで忙しい、おしゃべりに興じている、飛び交う騒々しい声、どれが誰の声だかわからない、どれが誰の顔だかわからない、どの声も一つのけたたましい声になる、すべての顔が同じように見える、その時、一人の男が振り向いた、頭に灰色のニット帽をかぶり、手にビールジョッキを持っている、それは果たして今朝バルメンで自分の前を歩いていた男だ、あいつがまたここにいる、あの老人だ、老人はオーラヴに向かって歩いて来ると、彼の顔をまっすぐにのぞき込む

ああ、お前さんじゃないか、と老人

お前よりも早くに着いただろう

お前よりもよくこの辺の道を知っているのさ
近道をしたんだよ
ははは
歩くのがなかなか速いな
それでも俺のほうが早くに着いた
それに、どこでお前を見つけることができるかわかってたんだ、はっきりと
もちろんこの酒場に来るのはよくわかっていたさ
この俺を出し抜こうたってだめさ
老人は簡単にだまされんよ
お前のような奴のことはわかってる
そして老人はジョッキを持ち上げ口に運ぶとぐいと飲み、口をぬぐう
そういうことだ、と彼
オーラヴは目の前に少し空いている場所ができたことがわかると前に進むが、不安な気持ちで背中がちくちくしてきた
さあ一杯やろうじゃないかと老人が言い、オーラヴは相手にしてはいけないと考え、一言も答えるつもりはない

一杯やらないとな、と老人
お前にはそれが必要だろうよ
オーラヴの前にいたまた別の男がこちらを振り返る、その男は胸にぴったりと自分のジョッキを抱えていたが、オーラヴがその脇を通り、カウンターに進めるように、そのジョッキを口に運びオーラヴのために場所を空けてくれた
また後で話そうや、と老人
彼はオーラヴの背後に呼びかけた
待っているぞ、と彼
一杯買って来たらいいさ、そしたらまた話そうや
俺はこの酒場にいるからな
オーラヴがまっすぐ前を見ると、彼とカウンターの間に並んでいるのはあと一人しかいない、だがカウンターの周りでは人々が肩を寄せ合ってぎゅうぎゅう詰めに座っており、オーラヴの前に並んでいる男はそこに座っている二人の間に割って進もうとすると、座っている男たちの一人がそのカウンターにたどり着きたい男の肩を摑んで押し返し、するとカウンターに行きたい男もその男の肩を摑む、そして彼らは互いの肩を摑み合ったまま何か言い争っている、しかしオーラヴには何を話しているのか聞こえない、ほどなく彼らは離れ、座っていた男が後ろに

少しずれると、オーラヴの前に並んでいた男がカウンターにたどり着く、そして次はオーラヴの番になる、もうすぐだぞと考える、さあまもなく僕もジョッキを手にするだろう、と、カウンターにいた列の前の男が振り返る、その時、彼のジョッキがあわやオーラヴの胸にぶつかりそうになったので、彼はジョッキを持つ手を横に除けて捩《ねじ》りオーラヴにぶつからないようにし、その身体も捩った腕についていく、そしてオーラヴはカウンターにたどり着くと、ビールを注いでいる店員に向かって合図する、ビールを注ぐ店員はオーラヴの方にジョッキを掲げ、彼の前にジョッキを置く、彼は札を出し、ビールを注いでくれた店員に渡し、オーラヴは釣りを受け取る、そしてジョッキを持ち上げるとそれを手に振り返る、今は彼の後ろに三、四人並んでいるので、彼は少し脇にずれ、そこに立ち、ジョッキを口に運ぶ

乾杯、と一人の男が言う

オーラヴが顔を上げると、くだんの老人が自分のジョッキを彼のジョッキにカチンと当てた

なんだあまり元気がないな、と老人

だが、飲めば元気も出るだろう

俺は待つよ

あんたは誰だ、と別の男

オーラヴが脇に目をやると、ほとんど白髪頭になった長い顔が見える、それでもその男はオ

ーラヴと大して歳が変わらない様子だ
僕のことか、とオーラヴ
そうだ、とその別の男
僕が誰かと訊いているのか、とオーラヴ
あんた、さっき来たばかりだろう、とその別の男
オーラヴは彼を見る
ちょっとビョルグヴィンに立ち寄っただけさ、とオーラヴ
俺もだ、とその別の男
前にもここに来たことがあるのか、とオーラヴ
いや、いや初めてだ、とその別の男
俺は北の方からだ
昨日着いたんだ、ビョルグヴィンほど大きくて美しい街は他にはないな
船で来たのか、とオーラヴ
そうだ、エルサ号という小さな帆掛け船で、荷を満載して来たよ、と彼
最高の干し鱈《たら》でいっぱいさ
魚は高く売れたんだ、たんまり儲かったぜ

買ってくれた店主に文句はないな
で、今回は何日かビョルグヴィンにいるのか、とオーラヴ
ああ、そのつもり、それから故郷に戻る、とその別の男
そして彼はポケットに手を入れ、ひとつの腕輪を取り出した、最高に金色の金と最高に青い青真珠で飾られた腕輪を、オーラヴが今まで見たことがないような絶品だ
これは彼女への贈り物なんだ
彼はその腕輪をオーラヴの前にかざす
彼女は故郷にいるのさ、俺の婚約者はな
ふうん、素晴らしいブレスレットだ、とオーラヴ
そして、このような素晴らしいものを彼もオスタに買わなければ、と彼は考える
俺の女ニルマ、とその別の男
こんな腕輪がオスタの手首にあればどれほど素敵なことだろう、とオーラヴは思う
彼女と俺は結婚するんだ、ニルマと俺は、と彼
だから、稼いだ金を全部はたいてあの娘にこの腕輪を買ったのさ
そしてオーラヴははっきりと、まるで実際に見ているかのように、腕輪をつけたオスタの手を想像する、このようなすごいものを手に入れなければならない、確かに僕は指輪を買いにビ

ヨルグヴィンに来た、自分とオスタがちゃんと結婚していると見做《みな》されるように、だがそれは、いや、このような腕輪に比べると指輪なんて色褪せて見える、そうだ、そうだ、こんな腕輪を携えてオスタの待つ家に帰らなければ、とオーラヴは考え、相手の男は自分の買った腕輪を再びポケットにしまい込み、手を差し出す

オースガウト、と彼

俺はオースガウトだ

僕は、僕はオーラヴ

お前もビョルグヴィン出身じゃないな、聞けばわかる、とオースガウト

いや、違う、とオーラヴ

ここからずっと北に行ったところの生まれだ

どこだ、とオースガウト

ヴィークというところだ

じゃあ、ヴィークの出か、お前は

そうだ

だが、そのようなものはどこで買えるんだい、とオーラヴ

腕輪のことか、とオースガウト

そうだ
俺はブリッゲン波止場の店で買った、あそこではありとあらゆるものが売っているな、信じられないほどなんでもある、この広い世の中にこんなにたくさんの上等なものがあるなんて夢にも思わなかったよ、とオースガウト
お前も腕輪を買いたいのか
ああ、そうだ、とオーラヴ
でも高いぞ、とオースガウト
だが、とてもきれいだ、とオーラヴ
とてもきれいだろう、とオースガウト
そしてオーラヴは飲み終えたらブリッゲンの店に行こうと考えた、オスタはこのような腕輪をつけるべきだ、なんとしても
その腕輪は店にまだ他にも残っていたかな、とオーラヴ
もう一つあったと思う、とオースガウト
オーラヴはジョッキを口に運び飲むと、またジョッキを下げて自分の目の前にいる老人の顔をまっすぐ見つめる、その細めた目、小さな口を
ヴィークから来たって言うのか、そうか、と老人

俺はな、俺がお前がどこから来たのか教えてやろう
僕はヴィークの出です、とオーラヴ
お前、アスレがどこの出身なのか話すつもりがないようだから、俺が言ってやる、と老人
僕はアスレじゃありません、とオーラヴ
ほう、アスレじゃないのか、と老人
違います、とオーラヴ
でも俺は知っているんだ、こいつの名前と出身地をな、自分で教えてくれたから、とオースガウト
こいつの名前はオーラヴっていうんだぞ
そしてヴィークの出身だ、と彼
ほう、そうなのか、と老人
そう、そうですとも、彼はもう知っている、さっき教えたから、とオーラヴ
どこから来たのか話せ、と老人
オーラヴは答えない
お前はディルジャの出身だろう、と老人
俺はモーセイの出身だ、とオースガウト

北のモーセイから来た
誰かが北のモーセイ生まれでなければならないさ、誰もがビョルグヴィン出身だったら困るだろう、そしたら魚をここに運んで来る奴がいなくなっちまう、最高級の干し鱈を、と続ける
あいつのことだ、あいつはディルジャ出身だ、と老人
アスレという名前で、ディルジャの出だ
彼らは黙ってその場に立っている
とにかく、乾杯だ、とオースガウトは言い、そして彼はジョッキを上げる
老人も自分の胸までジョッキを上げ、目を細めてオーラヴを見る
乾杯、とオーラヴ
そして彼はオースガウトのジョッキの高さまで自分のジョッキを持ち上げ、カチンと鳴らす
俺とは乾杯する気がないようだな、と老人
いや、いや、好きなようにすればいいんだ、と彼
三人はジョッキを口に運んで飲む
ディルジャ、そうだ、と老人
そこである男が殺された、そうじゃなかったかな、と続けて彼
本当ですか、とオーラヴ

ふうん、僕は知らないですけど
それは誰のことですか
確か漁師だったな、船小屋に住んでいた、と老人
それでな
そう、それからとあるおかみさんも死んでるのが見つかった、それからそこのうちの娘が行方不明になった
そして彼はオーラヴを見る
その男が殺される前に船小屋に住んでいたアスレという者がいる、と老人
それはお前だ、その死んだ漁師が来る前にその船小屋に住んでいたのは
そしてオーラヴは老人が満足そうにジョッキを飲み干すのを眺める
妙なことに、うん、ほとんど同じ頃、とある婆さんもここビョルグヴィンで姿を消した、まだ見つかっていない、産婆だった女だ、と老人
俺がよく知っていた女だ
そして彼は口の周りをぬぐうと、カウンターの方を向く、オーラヴはその場で自分のジョッキを見る、オースガウトが故郷を離れて長いのかと訊くのが聞こえる
ああ、何年にもなるな、とオーラヴ

そうか、そうなっちまうよな、とオースガウト
一度離れると、うん、また故郷に戻るまで何年も経ってしまうことがある、と彼
ニルマがいなかったら、きっと俺もビョルグヴィンにずっといることだろう、こんなに大きくて素晴らしい街に
そしてオースガウトは再び最高に金色の金と最高に青い青真珠で飾られた腕輪を取り出して、自分とオーラヴとの間に掲げ、二人でそれを見つめる
お前もこんなのを買いたいだろう、とオースガウト
絶対買う、とオーラヴ
そうしろよ、もし金があるなら、とオースガウト
ああ、そうする、とオーラヴ
彼はジョッキの中身がずいぶんと減ったのに気付くと、残りを飲み干し、目の前に立つ、ビールが満杯に入ったジョッキを持っている老人を見る
故郷には戻らないのか、と老人
故郷にですか、とオーラヴ
ああ、ディルジャに、と老人
僕はディルジャの出ではないですよ、とオーラヴ

そこに親戚はいないかね、と老人
いいえ、とオーラヴ
そうかね、と老人
そうディルジャで、ある男が殺されたんだ
そして老人は再びジョッキを口に運び、飲む
誰がその人を殺したんです、とオーラヴ
いや、誰だろうな、と老人
そして彼はオーラヴを目を細めて見る
一体誰の仕業なんだか、と彼
お前は何も知らないと言うんだろうな
そしてオーラヴは答えない
しかしそいつはまだ捕まっていないのですか、犯人は、とオーラヴ
いや、いや、わしの知る限りまだだ、と老人
犯人はまだ見つかっていない
ひどい話だ、とオーラヴ
ああ、物騒なことだ、と老人

そして彼らはそれから何も言わず黙っている、オーラヴはジョッキの中にビールがまだ少し残っているのを見て、今からはゆっくり飲むようにしようと考える、しかしなぜそうするのか、彼は考える、そしてそもそもどうしてこの酒場に入ってしまったのか、ここに来る必要は全然なかったのに、なぜこの喧噪の中にいるのか、それからあの老人、彼がまたすぐに話し出すだろう、だから飲み終えよう、そうしたらここを出よう、なぜなら今から彼はまっすぐブリッゲン波止場の店に行き、オスタのために腕輪を買う、指輪は後でもいいだろう、彼は考える、今すぐそうしよう、だがお金は足りるだろうか、いや、いや、きっと足りない、腕輪を手に入れるにはどうすればいいのか、彼は考える、そして老人が言うのを聞く、なあアスレよ、うん、お前が再びディルジャに戻りたくないのはよくわかるよ、と老人が言う

僕の名はアスレじゃありません、とオーラヴ

そして彼は老人があぁ、わかってるさ、そう、そうじゃないだろうなと言うのを聞く、アスレじゃないということはわかっている、と老人

いや、僕の名はオーラヴです

ふうん、オーラヴという名か、お前は、そうか

そう、オーラヴです

そうか、俺の名もオーラヴだ、と老人

オーラヴは俺だ、お前ではない
そして彼は笑い、オーラヴの方にジョッキを掲げる
俺だ、と老人
そうですか、とオーラヴ
ディルジャに親戚がいる、俺にはな、と老人
なるほど、とオーラヴ
俺はそこで生まれたんだ、と老人
ふうん、とオーラヴ
小さな農場さ、もちろんな、他所《よそ》からずいぶんと離れたところにある、と老人
なるほど、とオーラヴ
俺はそこに何度か戻ったことがある、そう、それほど頻繁にではないがな、と老人
それほど頻繁にではなく、だ
むしろここ、ビョルグヴィンにいることが多いな
しかし最後にディルジャにいた時、そう、その時に誰かがやった悪事を耳にした
そして彼は長い間オーラヴを凝視する、それから左右に首を振る、何度も何度も、そしてオーラヴは早くこの場を立ち去らなければならないと考える、自分はなぜ酒場なんかにいるんだ、

今すぐブリッゲンの店に行き、オスタに最高に金色の金と最高に青い青真珠で飾られた腕輪を買うのだ、そう彼が考えていると、老人が話し掛けてくるのが耳に入る、俺は今こうして普通に人殺しと会話をしているのだ、しかし誰にも教えるつもりはない、いや、本当さ、なぜって俺にアスレが捕まることを望む理由がないから、いや、そんなことは全く望んでいない、そんなことを望んでどうする、いや、いや、そんなわけはないだろう、俺は何も言わないぜ、少なくともオーラヴが俺に紙幣一、二枚、あるいは三枚をくれるなら、あとついでにビールを一杯おごってくれるならば、と彼が言う

いや、もちろんお前さんのことを言ってるんじゃないよ

そうじゃないさ

僕のこと、とオーラヴ

人殺しをした奴、そいつは確かにアスレという名だ、そう、と老人

ディルジャではそう噂されている

そうだ、俺が最後にそこにいた頃、そうだ、皆がそう話していた

とにかくそういう話だった

そうだ、最後にディルジャにいた時に聞いた話だ

そしてオーラヴは飲み終わる

俺はディルジャの出だ、と老人
ディルジャの小さな農場の、そうだ、ただの岩だらけの土地と、その間に湿った土が少しあるだけの
でもな、湖がある、フィヨルドと海があり魚がいる、そんな場所だ
だが、俺が育ったところには今はもう誰も住んでおらん
そういうことになった
今もそんなふうだ
岩や湿地ではたくさんの人間を養っていけない
あそこでは食っていけなかった
みな誰でもそこから出て行かなければならなかった
お前や俺がそうしなければならなかったようになった
そしてオーラヴは周囲を見回したが、空のジョッキを置く場所が見つからない、ここにはいられない、なぜ自分はここに来てしまったのだろうか、この酒場に、ここはこんなに混雑しているのに、なぜここに留まって老人の話を聞いているのか、そして今、老人は彼のことを妙な目付きで見ている、一体老人は自分に何をさせたいのか、いや、僕はここにいてはいけない、もちろんだめだ、とオーラヴは考える

お前に一杯おごってやろう、と老人
結構、僕はもう行かねばならないので、とオーラヴ
しかしな、じゃあ、お前が俺に一杯おごってくれるのはどうだい、と老人
オーラヴは彼に目を向ける
ちょっと最近、ふところが寂しくてね、と老人
ああ、ひと様にこんなことを頼みたくはないんだよ、もちろん
お恥ずかしいことだがな、本当に
そうだ本当にそう思ってるさ
悪いが、けれども、俺も喉が渇いているんでね、これは否定できん
オーラヴは答えない
おごるつもりはないんだな、と老人
そうか、お前もあまり金がないのか
昨今は金を持っている奴は多くないからな
ほとんどの奴は金がない
にもかかわらず、誰もが買いまくり、金を使いまくり、次々とジョッキを空にするんだよな
もう失礼しないと、とオーラヴ

オースガウトが彼に、お前はもう行くのかと尋ねる、オーラヴはそうしなければならない、そうだ、今から最高に金色の金と最高に青い青真珠で飾られた腕輪を買いに行くと言うと、オースガウトはこういう物を売っているブリッゲンの店がどこにあるのか知っているかと尋ねる、オーラヴはいや、知らないと言うと、オースガウトはお前がもし望むのなら店の場所を教えてやると言う、どうせ今もうみんな次々と酒場を出ていく時間だから、と彼は言い、オーラヴは周囲を見回し、次々と酒場から人が去って行くのを目にする、自分も出よう、他の人と同じように、彼は考える

人がどんどん減ってきた、とオーラヴ

ああ、そうだな、と老人

みんな帰る時間のようだ

確かに、とオーラヴ

妙なことだ、とオースガウト

みんなが一緒に揃って突然帰り始めるとは、と彼

うん、とオーラヴ

ああ、誰もがみんな帰っていくようだな、と老人

そしてオーラヴが出口の方に歩き始めると、誰かの手が彼の肩を摑む、彼が振り向くと、老

人の顔がある、小さな濡れた灰色がかった赤い目をした顔だ、そして細く湿った唇が震え、口を開けているのが見える
　お前がアスレだ、と彼
　そしてオーラヴは老人に摑まれた肩に冷たさを感じる、引き留めようとする手から身をよじらせて手を振りほどき、出口扉の方に向かうと老人がお前はアスレだ、お前はアスレだと自分の背後で言っているのを聞く、彼は答えず出ていく、そして彼は扉を開け外に出ると、酒場の前の通りに立ち、それから、彼は考える、まっすぐにブリッゲンに行こう、道は知っている、彼はビョルグヴィンをよく知っている、というのは、彼はこの辺りに度々来たことがあるから、この地域に精通しているとは言えないけれど、とにかくビョルグヴィンに暮らしたことはある、そして、今晩ビョルグヴィンにいる誰もがこの街に住んでいるわけではない、彼は考える、それはありえない、彼は考える、多くの者はここを初めて訪れたのだろう、オースガウトのように、彼は考える、だが、自分は、自分はここに住んだことがある、そうだ、だからあの最高に素晴らしい腕輪が売られているブリッゲンの店への道を見つけられるさ、指輪を買うのは後回しにしよう、あのような腕輪をつければオスタの腕はとても素敵になるだろうから、オーラヴは考える、そして彼はヴォーゲン湾に足早に降りていく、そして、背後から何者かが待ってと叫ぶ声が聞こえる、そして周囲を見回すと、彼の方にまっすぐ足早に近づいてくる髪の長い若

い女が見える
あら、あなたじゃないの、と女
待ってちょうだい
私を捜していたんでしょ、わかっていたのよ
僕が君をかい、とオーラヴ
ええ、そうよ、あなたが、と彼女
また会えてよかった
僕たちは知り合いだったかな、とオーラヴ
私のことを覚えていないの
君のことを覚えているかって
あらそうなの、覚えてないのね
うん
あなたは私の家のドアを叩いたでしょ
その若い女は笑い、彼の脇を肘で突く
そんなことをしたかな
ええ、したわよ

覚えていないな
あなたは思い出したくないのね
そして彼女は再び彼の脇を肘で突き自分の腕を彼の腕に通す
でも、あれからお話できてないわね、と彼女
やめてくれ
あら、いいじゃないの
そしてオーラヴは通りを歩き始め、彼女は腕を組み、一緒についてくる
その時あなたは一人じゃなかった、と彼女
なんだかみすぼらしい女を連れていたわね
ちびで薄汚い女を
遠くからでも簡単にそうだとわかるわ
ビョルグヴィンにはあんな女が群がっているの、そんなのの一人よ
あの娘たちはどこから来るのかしらね
一人居なくなってもすぐにまた別の二人が現れるのよ
そして彼女は彼の肩にもたれかかる
でもあなた、彼女と別れるだけの頭はあったのね

そうね、私にはよくわかる
私に十分にわかっていることがあるとしたら、そういうことだわ
僕は君のことなんて知らない、とオーラヴ
でも、今、今はあなたは一人でしょ、と彼女
そして女は彼の肩に頭をもたせかける
君が誰だか知らないんだけど、とオーラヴ
なら私のことを知ってちょうだい、お望みなら、と彼女
ねえどこに住んでいるの
どこにも住んでない、と彼
なら、いいところを知っているわ、と彼女
お金を払えばね、あなた持っているんでしょ
そして彼らは更に進む、彼女は頭を彼の肩にもたせかけながら
金はほとんどない、と彼
でも一枚か二枚はあるでしょ、と彼女
そして突然彼女は彼の腕を引っ張り、二軒の家の間の路地に彼を押し込む、そこは狭い、と
ても狭くて家と家との間にはやっと二人分の場所しかない、そして彼女は彼の手を摑み、奥の

方に進む、路地のずっと奥の方に進む、そして真っ暗な場所で立ち止まる
ここよ、と彼女
そして彼女は彼に向かって立ち、彼の背中に腕を回す、そして彼の胸に自分の胸を押しつけ、身体をこすりつける
ここに触ってもいいのよ、と彼女
そして彼女は彼の頬にキスをして舌を頬に走らせる
僕は行かなければ、と彼
えっ、と彼女
そして彼女は彼を離す
しなければならない用事があるんだ
そして彼はその路地を戻り始める
ならいいわよ、と彼女
なんて間抜けなのさ
ビョルグヴィンで一番の間抜け
そして彼女もまたその路地から出ようと歩き始める
こうする前に言えなかったの、と彼女

だいたい、はじめから路地に入らなければよかったのに
そして彼らは通りに出る
ビョルグヴィンで一番の大間抜け、それはあんたよ、と彼女
そしてオーラヴは彼女に訊かなければならないことがあったと考える、彼女に何か、何かしらを言わなければ、彼は考える
エヴェステ通り《ガータ》がどこなのか知っているか、と彼
知ってるわよ、と彼女
すぐそこよ
あっちの方に進んで、そのすぐ先よ
と彼女は言って方向を指差す
でもあとは自分で見つけられるでしょ
オーラヴは女が向きを変えて、彼らが先ほど歩いてきた通りを戻っていくのを見送る、そして、エヴェステ通り《ガータ》、そうだ、この先に違いない、あそこだ、前に住んだことがあるじゃないか、僕が、そう、僕とオスタとシグヴァルドとそこに住んでいた、エヴェステ通り《ガータ》の小さな家に彼らは住んでいた、今とても近くにいる、その家をちょっと見に行こうか、もう一度見てみるのもいいかもしれない、オーラヴは考える、そして彼は歩き、エヴェステ通り《ガータ》の始点にたど

り着く、そこから通りを進む、向こうに、あそこに彼とオスタが暮らし、小さなシグヴァルドが生まれた小さな家がある、彼はエヴェステ通《ガータ》りのその家の前で立ち止まり、そこにいる自分自身が瞼《まぶた》に浮かぶ、彼の傍らには彼らが所有するすべてが入った二つの荷があった、それは彼が最後にこの家を後にした時だったと考えた、また、彼はそこに立っている自分自身を、アリーダが扉から出てくるのを、彼女が胸に小さなシグヴァルドを抱いているのを、赤子がしっかりとおくるみに包まれているのを見る、アリーダはエヴェステ通《ガータ》りの家の前に立ち、家を見ている

どうしてもここを出なければならないの、と彼女

ここでとても幸せだったのに

今までのどこよりも快適な暮らしだったのに

ここに居られないの

僕たちはここを離れなければならないんだ、とアスレ

この家とお別れしなければならないの、とアリーダ

残念ながら、そうだ、とアスレ

ここは本当に良かったわ、とアリーダ

この家を離れたくない、と彼女

でも、どうしても行かなければならないんだ、と彼
この家にはもう住めないんだ
どうしてもなの、とアリーダ
どうしてもさ、と彼
でもなぜ、と彼女
そういうことなんだ、と彼
ここは僕たちの家じゃないし
でも他に誰もそこに住んでいないのよ、とアリーダ
ここに住んでいた女の人が戻ってくるんだ、わかるだろう、とアスレ
こんなに時間が経ってから、とアリーダ
でも誰かが来るんだ、と彼
そんなのわからないわよ、と彼女
でもここは彼女の家だろ、と彼
でも、彼女が戻ってこなければ、だったら、とアリーダ
彼女はきっと戻ってくるさ、彼女か、もしかしたら他の誰かがだけど、誰かしらがね、そしたら僕たちはここにいることはできないんだ、とアスレ

でも彼女がいたのはかなり前のことだし、今まで誰も来たことがないわ、と彼女
そうだな、と彼
だから、ここに居続けても構わないでしょ、と彼女
だめなんだ、と彼
これは僕たちの家じゃない、わかっているだろう
でも、と彼女
さあもう行かなければ、と彼
もうこのことについては充分話し合ったよね
そうね、と彼女
さあ行こう、とアスレ
そして彼は彼らが所有するすべてが入った荷を持ち上げ、その道を歩いていく、彼が進み、小さなシグヴァルドを抱いたアリーダが彼に続く
待って、とアリーダ
アスレが立ち止まる
私たち、どこに向かって行くの、と彼女
彼は答えない

どこに行くの、と彼女
ビョルグヴィンにはもういられない、と彼
でも、ここは居心地の良いところだったじゃないの、とアリーダ
そうだけど、これ以上ここにはいられないんだ
どうしてなの
誰かが僕たちを捕まえようとしているらしい
誰かが私たちを捕まえようとしているって
そうだと思う
どうやってわかったの
僕にはわかるんだ
そして彼が言うには、彼らはできるだけ早くビョルグヴィンから離れなければならず、ビョルグヴィンを後にしてしまえば、もっと落ち着いて、ゆったりと歩を進めることができる、今は夏で気候も良く、過ごしやすい、それにフィドルを売った代金としてお金が少し手に入った、僅かなお金だが、ちょっとした助けになるだろうと彼は言う、アリーダはフィドルを手放すべきではなかったと言う、彼の演奏はとても素晴らしかったから、しかし彼は自分たちにはお金が必要で、それに、自分は父のような生活を送りたくないと言う、父のように彼女と子供を家

に残して旅に出る仕事はいやだ、家族と一緒にいたい、他人とは誰とも一緒にいたくない、そんなの誰にとっても良くないことだ、自分の家族と一緒にいられることこそ良い人生というものだ、自分はフィドル弾きとしての運命とともに生まれてきたのかもしれないが、その運命に抗いたかったと言う、だからフィドルを売ったんだ、もう彼はフィドル弾きじゃない、父になり、夫になった、法律上ではそうではないけれど、でも実際にはそうだろう、そう、だからさ、もうこれ以上、フィドルは必要じゃない、そして今彼らは本当にお金が必要なのだから、要らないフィドルは売ったって構わない、フィドルが売れた今はもう何も話すこともない、終わったことだ、フィドルもなにもかも、アスレは言う、彼はここにずっと留まって言い争っていられない、君は今すぐに一緒に来なければならない、今すぐここを出なければいけないと彼は言い、アリーダはフィドルを売ったのは彼が正しかったと思っているが、彼の演奏は本当に素晴らしかった、そう本当に、そして彼は答えない、そして二人は家を後にしその通りを歩き出し、そして歩き続ける、それからブリッゲンにたどり着き、波止場に沿って歩き、黙々と歩く、歩く、そしてオーラヴはそこに立ち止まり考える、こんな風にぼやぼや留まっていてはだめだ、彼はブリッゲンの店に行き、フィドルを売って得た金でオスタのために考えられる限り最高の腕輪を買うんだ、オーラヴは考え、ブリッゲンの方に向かい、目の前に浮かぶのはブリッゲンのずっと向こうを歩いている自分と、自分のすぐ後ろに続く、小さなシグヴァルドを胸に抱いたアリーダ、彼らは黙々と歩いている、家と家の間隔がだんだん大きくなる、すぐに家と家の間隔がさらに大きくなる、そして時間もだいぶ経った、暖かくないが寒くもない、歩くにはいい気候で、重い荷を運んでいるが、彼にはそれほど重く感じない、というのは、アリーダが小さなシグヴァルドを胸に抱いて彼のすぐ後ろをついて来るから、時々太陽が照り、時々雲が現れる、彼は自分たちがどこに行けばいいのか知らず、アリーダも自分たちがどこに行けばいいのか知らない、だが彼らには食料があり、服がある、それに他にも必要なものは少しは持っている

どこに行くの、とアリーダ

わからない、とアスレ

来たところに戻りましょうよ、と彼女

この道が連れて行ってくれるところに行こう、と彼

ちょっと疲れた、と彼女

じゃあ休もう、と彼

そして彼らは立ち止まり、あたりを見回す

この下の岩場で、休みましょう、と彼女

そうしよう、と彼

彼らは岩場へ降りてそこで腰を下ろす、そして座ってフィヨルドを眺める、フィヨルドは完全に穏やかで、何ひとつ動くものはない、きらきらと輝く青い色をしている、アスレは今日はフィヨルドが輝いている、それはあまり起こらないことだと言うと、魚がはねるのが見え、鮭だろう、大きかったと彼は言う、アリーダはここに住めたらよかったのにとつぶやくと、彼はこんなにビョルグヴィンに近いところには住めないと答え、彼女はなぜだめなのと問い返すと、彼はどうしてもだめなんだ、誰かが僕たちを捜しにやってくると言い、彼女はなぜそれが問題になるのかと問うと、彼はどうしてビョルグヴィンに来たのか君も覚えているだろうと言い、彼女があの船のことなのねと言うと、彼はそれもあると言う、そしてアリーダがお腹が空いたと言えば、アスレはマトンの脚の生ハムがまるごとあるだろう、まだまったく手を付けていないはずだと言う、食べ物には困らない、だから腹を減らすこともない、そこは考えていたから大丈夫と彼が言うと、アリーダはマトンの脚を買ったのかと尋ねる、そして彼はそうする必要はなかった、肉はうまく塩漬けになっているようだねと言う、あそこに、向こうに、小川のせせらぎの音が聞こえるわとアリーダが言う、塩辛い肉を食べても、小川の傍にいれば喉が渇くことはないわねと彼女が言うと、彼はマトンの脚を取り出し、片手でそれを空中に持ち上げ、空中でそれを振り回し始める、彼女は笑い始め、そんなことをしてはいけない、食べ物で遊んではいけないと言う、そしてアスレは、今の言い方は君のお母さんにそっくりだと言い、彼女はえっと顔をしかめると、そんなはずないわ、でもそうなってしまうかしら、私も母親になったんだから、自分の母親のようになるんじゃないかなと言う

そんなことは言うな、と彼

今言ったことは、きっと母から学んだことよ、と彼女

そして、僕は自分の母親から、と彼

それから彼女はシグヴァルドの抱っこ紐《ひも》を解いて赤子を岩場に置き腰を下ろし、アスレも座ってナイフを取り出し、それからマトンを骨まで切り、再び切り、それから厚く切った肉を手に取る、彼はその切った肉をアリーダに渡し、彼女は肉を食べ始める、彼女は一口嚙んで、あらこれは美味しい、しっかり乾燥しているし、塩辛過ぎないと彼女が言い、彼は自分のためにも肉を一片スライスし、それを味わう、彼はうまい、うまいとしか他に言い様がない、うまい、これ以上にうまい肉はありえないなと彼が言う、それからアリーダはフラットブレッドとバターの容器が入った包みを開けると、何枚かのフラットブレッドの上に厚くバターを塗る、彼はさらに肉を切り、彼らは黙して食べる

少し水を汲《く》んでくるよ、とアスレ

そして彼は木製の器を手に取り、せせらぎの音に耳を澄ませ、その音のする方へ歩いていくと、透き通った新鮮な小川が下へ下へと流れていくのが見える、小川は山の上流から下流へ、

そしてフィヨルドへと流れる、彼は器を満たし、冷たく美味しい水を持ってアリーダのところへ戻り、アリーダにその器を手渡すと、彼女は何度も飲む、そしてアリーダはそれを彼に返す。そして彼も何度も飲む、それから、アリーダは彼に出会えて本当に良かったと言う、そして彼もまた彼女に出会えて本当に良かったと言う

私たち三人、とアリーダ

君と僕と小さなシグヴァルド、とアスレ

僕たち三人だね

そしてオーラヴはブリッゲンの波止場に沿ってゆっくりと歩いている、さて、これからは寄り道せずまっすぐに向かわなければならない、世界で最高の腕輪を売っている店に、彼はどうにかしてその店を見つけなければならない、もしかしたら誰かに道を訊くことも可能だろう、店がどこにあるのかを教えてくれる人がいるはずだ、するとブリッゲン波止場の前、そこにオースガウトがいて微笑みかけているのが見える

店を見つけられないんだろう、とオースガウト

そう思ったんだ、お前があの店を見つけられないんじゃないかと、見つけるのはあまり簡単じゃないいんだが、俺が手伝ってやるよ

いや、いや、大丈夫だよ、とオーラヴ

店は見つけにくいんだぜ、とオースガウト
さあ、さあ、手伝うよ
店は波止場の少し先にある、路地のずっと奥に
一緒に捜してやるからさ
ありがとう、悪いね、とオーラヴ
いや、本当にそうしたいだけさ、とオースガウト
そして、オーラヴは喜びが身体の中を流れるのを感じる、今これから、彼は世界で一番素晴らしい腕輪を手に入れるのだ、最高に金色の金と最高に青い青真珠の腕輪を、そしてそれはもうすぐオスタの腕を飾るのだ
金《かね》は少しばかりあるんだが、とオーラヴ
あいつはとても売りたがっていた、だから少し値下げするかも知れんよ、とオースガウト
俺には負けてくれたから
初めの言い値に俺の持ち金は足りなかった、でも多分それでよかったんだ、というのは、結局俺が持っていただけの金額で買えたんだから
そして彼らはブリッゲンの波止場に沿って歩き、オーラヴはこれは特別な瞬間だと考えている、僕は歩いている、自分のようなみじめな男が、店に向かい、愛する者に最高の贈り物を買

う、いいぞ、ビョルグヴィンには指輪を買いに来たけれど、腕輪にしてもいいだろう、指輪なんて後でいつでも買える、だって今、最も素晴らしい腕輪を見てしまった今、最高に金色の金と最高に青い青真珠で飾られた腕輪を、これをオスタに買わないわけにはいかないさ、だから、腕輪を買おう、オーラヴは考える、そしてオースガウトが言うのを聞く、この腕輪、うん、上物だそうだ、実に美しい、オーラヴは答える、本当にそうだ、なんときれいなんだろう、これ以上の腕輪はまず見つからないだろう

そう、俺もそう思う、とオースガウト

なにがだ、とオーラヴ

これより素晴らしい腕輪を手に入れることだ、とオースガウト

できるわけないさ

ああ、僕もそう思う、とオーラヴ

もうすぐだ、とオースガウト

店の前までついて行ってやるよ、と彼

本当にありがとう、とオーラヴ

今日俺は一度ここに来たのに、もう戻ってきてしまった、不思議に思うだろうな、あの宝石《ユヴェラ》商《ーレン》は、と彼

ああ、そうだ、彼のことをみんなそう呼ぶんだ、宝石商《ユヴェラーレン》と呼ばれているんだ、とオースガウト
宝石商《ユヴェラーレン》か、とオーラヴ

いい響きだな、とオーラヴ

ああ、それが奴の名前だ、とオースガウト

そうだ、それに洗練された男なんだ、身なりも特級さ

本当か、とオーラヴ

それに黒い立派な髭《ひげ》もある、とオースガウト

そして、彼らはブリッゲンの波止場に沿って歩く

その店にどれだけの素晴らしいものがあるか、想像もつかないだろうよ、とオースガウト

もうこれ以上は言わない、着いたら自分の目で見てみろ

オーラヴがうなずくと、オースガウトは右に曲がり、二列に並ぶ家の間を進む、家と家の間の道はかなり広く、先の方まで家が建ち並んでいる、オースガウトはオーラヴの数メートル前を歩く、彼は興奮状態のように足早に歩く、そしてオーラヴも急ぎ足で彼に続く、ついにオースガウトがその通りの末端にある大きなショーウィンドウの前で止まる、そして、そのウィンドウの中に金銀がきらきらとまたたくように輝き、オーラヴはこの光彩を見て、畏敬の念に溢

れる、同じ場所にこれほど多くの金と銀が集められ、ただひとつのウィンドウで展示されていることが信じられない
主人がいない時は、ウィンドウは大きなシャッターで閉まっているんだ、とオースガウト
だから今は、彼は中にいるということだ
そしてオースガウトはウィンドウ横の扉に向かって歩く
でもあそこにもうひとつ別のウィンドウがある、とオーラヴ
ウィンドウは二つあるんだ、とオースガウト
そしてオーラヴがもう一つのウィンドウに向かうと、そこには、そうウィンドウの真ん中にひとつの腕輪が飾られてある、最高に金色の金と最高に青い青真珠が輝きを放つ、オースガウトが買った腕輪にそっくりなものが
あの腕輪がある、とオーラヴ
ああ、本当だ、とオースガウト
今朝見た時にはなかったな
主人がついさっきそこに置いたに違いない
さあ入ろう
オーラヴはそこに立ち尽くし、ウィンドウに陳列されたすべての美しい品々をひたすら見つ

める
別の奴が来てその腕輪を買ってしまう前に中に入ろう、とオースガウト
そして彼は扉を開け、オーラヴのために閉まらないように支えている、彼が中に入ると、自分の前に宝石商が立っている、彼は何度もお辞儀をしては、ささやかな品揃えのつましい当店にようこそ、よくいらっしゃいました、と言う、続けて、しかし私どもではお客様のように立派な殿方の好みに合う品を見つけて差し上げることができると信じております、ですので、ようこそ、ようこそ、どのような品をお探しですか
ええ、とオースガウト
おや、お客様は、と宝石商
あなた様とは、今朝お取引をさせていただきましたね
うん、その通り、とオースガウト
それで、あなた様はまたもう少しお求めになりたいと思われているのでしょう、と宝石商
いや、俺じゃなく、もしかしたら知り合いがね、とオースガウト
オーラヴは周囲を見回す、信じられないほどの量の金銀、指輪、アクセサリー、燭台《しょくだい》、深皿、浅皿、金銀が至るところにある、いやはや、こんな場所が存在していたとは、こんなに大量の、どこに目を向けても、金銀で溢れかえっている

ご用件をうかがいましょうか、と宝石商
こんなに金銀があるとは、とオーラヴ
いや、まさか信じられない
まあ、そんなに多くはありませんよ、と宝石商
実際、それほどではございませんのですよ
まあ、少し、ほんの少しばかりでございます
そして彼は手をこすり合わせる
信じられないほどたくさんだ、とオーラヴ
お客様は何をお探しなのでしょう、と宝石商
ええと、あの、腕輪が欲しいのだが、とオーラヴ
俺が今日買ったものと同じのを、とオースガウト
おお、左様ですか、それならばあなた様は大変幸運です、と宝石商
と彼は拍手する、何度も何度も、まるで称賛しているかのように
幸運な方ですね、と言いますのは、最近ではこのような素晴らしい腕輪を入手するのが簡単
ではないのです、と宝石商
いえ本当に

最近ではほとんど見つけることができませんのですよ
そして彼はそれでもこのような腕輪をなんとか二つ入手することができた、自分にはとにかく長年の経験があり、多くのつてを知っているため入手できるのだと話す、実を申しますと、こちらの腕輪が届いたのは昨日のことで、今朝さっそく一つ売れたのですと彼は言い、オースガウトにうなずいて、そちらにいらっしゃる旦那様が、ええ、まさに、その一つをお買い求めいただいたのです、ええ、幸運なお方ですと彼は言う、あれから多くのお客様がここに立ち寄られ、残りの一つをご覧になられていますので、旦那様は稀《まれ》に見るご幸運の持ち主でいらっしゃいますよ、もう一つの腕輪はなんとまだ今でもこちらに陳列されていますからと彼が言い、お辞儀をして、少し失礼しますと言う、白い手袋をはめ、それから彼はウィンドウまで歩くとそこから例の腕輪を取り出し、慎重にテーブルの上に置く
なんという優れた職人技でしょう、と宝石商
これは非常に優れた職人技であり、まさに芸術品でございますよ
そして、彼は腕輪を人差し指で丁寧に撫でる
こちらをご所望なのですね
そして物腰低くオーラヴを見る
ええ、ええ、わかりますよ、と宝石商

ええ、まあ僕に十分なお金があればなんだけれども、とオーラヴ
ええ、結局はそこが問題でございますよね、と宝石商
宝石商のその声には哀しみと心配が満ちていて、オーラヴは残っていた三枚の紙幣をポケットから取り出し、宝石商に渡す、彼は紙幣を一枚ずつじっと見る
これでは足りませんね、と彼
足りませんか、とオーラヴ
そうですね、と宝石商
あと二、三枚あればですね、それでももう精一杯勉強させていただいた価格ですが、そう、それでさえ足りないくらいなんですよ
そしてオーラヴは大きな絶望感にとらわれた、一体どうやってさらにもう一枚の紙幣を手に入れることができるのか、もしかしたら少し後ではできるかも知れないが、けれども今は無理だ、世界で最も素晴らしい腕輪は今そこにある、待っていたらなくなってしまう、店の主人は多くの者がこの腕輪を買いたがっていると言っているじゃないか
彼にはこれしか金がないんだ、とオースガウト
こちらがお持ちのすべてなのですね、と宝石商
そして愕然《がくぜん》としたふりをする

でもあなた様なら、こちらの殿方をお助けすることができるのではないでしょうか、と彼

今朝俺が持っていた金はすべてあんたが受け取っただろうが、とオースガウト

そして宝石商は首を横に振り、顔に困惑した表情を浮かべる

おお、困った困った、と彼

じゃあ、もう帰るしかないな、俺たちは、とオースガウト

そして彼はオーラヴの顔を見る

そうだな、とオーラヴ

そしてオースガウトは扉の方に進む、オーラヴは宝石商に手を差し出す

じゃあわかりましたよ、と宝石商

そして彼はぶっきらぼうにその三枚の紙幣を自分のポケットに突っ込む、声には怒りが混じっている

仕方ありませんな、と彼

そして彼は腕輪を掲げて、オーラヴに渡す、そしてオーラヴはその最も素晴らしい腕輪を手にして立つ、最高に金色の金と最高に青い青真珠で飾られた腕輪、彼は自分が目にしているものが信じられない、これほど見事な腕輪を手にしていることが信じられない、あたかも正にオスタの腕にその腕輪があるかのように見つめている、まさか本当に起こるとは、彼は考える、

こんなことが現実に起こるとは
さあ行こう、とオースガウト
どうかしてる、ああこんなことすべきではなかった、あんな特上の腕輪をこんなふうに安売りしてしまうなんて、と宝石商
私は損をしてしまった
そして彼の声は大きく響く、オースガウトはそこで扉を開けたままにしている
こんなことをしてはだめなのに、と宝石商
損をしてまで取引するなんて
オースガウトは扉が閉まらないよう支えて待っている
さあ行こう、オーラヴ、と彼
そしてオーラヴは扉から出る、オースガウトは自分が出た後に扉を閉める、路地の一番奥で、彼は自分の手に持っている腕輪をしみじみと見つめる、いや、こんなことが起ころうとは、いや、この自分がこんなに美しい腕輪を手に入れるとは、オーラヴは考える、そして宝石商が心変わりする前にここを離れようとオースガウトが言うのを聞き、オースガウトはその路地を先に進む、オーラヴは何度も腕輪をちらちら眺めながら彼に続く、でも本当に、彼は考える、ありえないだろう、彼は考える、そしてオースガウトは誰にも見つからないように、盗んでやろ

うという気にならないように、腕輪をポケットにしまっておかなければならないと言う、そしてオーラヴは腕輪を持つ手をポケットに入れ、腕輪をしっかり摑んだままオースガウトに続き、路地を進むと、再びブリッゲンの波止場に出る、オースガウトは、実はまだ少しばかり硬貨を持っているが、これですべてだと言う、オーラヴは自分もそうだと言う、オースガウトは自分が言いたいのはつまり、あと一杯か二杯飲もうということだ、俺たちには祝う必要があるんだから、このことを、俺たちがそれぞれ腕輪を買ったことを、愛しい者に、最高の品を、さあお祝いをしよう、とオースガウトが言う

ああ、当然だ、とオーラヴ

もう一度あの酒場に行こう、とオースガウト

ああ、そうだな、そうしよう、とオーラヴ

じゃあ行くぞ、とオースガウト

そして彼らはしっかりとした足取りで酒場へ向かう、そして、あそこに、通りの先の方にいるのはあの女ではないか、確かに、長い金髪で、誰かと腕を組んで歩いている、そうだ、そうだ、さっき彼女が自分の腕を捕らえて組んだように、彼女は今、誰か他の男と腕を組んで歩いている、それもまた良し、彼は考える、彼女が腕を組んでいるのが自分ではなく、他の誰かであることは良いことだとオーラヴは考え、ポケットの腕輪を握りしめる

ビールがうまいだろうな、とオースガウト
そうだな、とオーラヴ
うん、俺らの婚約者たちにはお楽しみができたんだ、とオースガウト
彼女たちがそれを知ったらな、とオーラヴ
そうだ、家に帰るのが楽しみだ、とオースガウト
オスタの腕につけたらこの腕輪がどれほど美しく見えることだろう、とオーラヴ
俺のニルマの腕につけたものもな、とオースガウト
そして彼らはしっかりとした足取りで歩き続ける、オーラヴはくだんの女が二軒の家の間へ男の腕を取って引っ張りこんでいるのを見て、彼女が今あの男を引き込もうとしているのは、きっと自分を引っ張りこんだのと同じ路地だろう、と彼は考える
祝いにはジョッキがふさわしい、とオースガウト
うまいに違いない、と彼
まったくだとオーラヴが言い、彼はオースガウトが酒場の大きく茶色い入口の前で止まり、そして中に入って行くのを見る、オーラヴも扉を摑み、それから同じく中に入る、そして彼らは共に太く茶色い丸太が重ねられている長い通路に立つ、そしてオースガウトはその通路を歩きだす、それからオーラヴも彼の後に続く、彼は腕輪をポケットの中で握りしめている、そし

て彼らは中に入る、その中は以前と同じで、テーブルには例の老人が座っている、当然彼はそこにいるはずだ、自分がどこにいようとも、彼はそこにいる、いつもそうだとオーラヴは考える、老人が彼に視線を向ける
おお、また来たのか、と老人
お前が来るのはわかっていた、お前を待っていたんだ
お前が俺に金を渡しにくることはわかっていた
まさかそうしない勇気はないだろうさ、アスレ、そうだろう
そして老人は立ち上がり、オーラヴに向かって歩く
お前が戻ってくることはこれっぽっちも疑わなかったよ
そして俺は正しかった
オーラヴはオースガウトがすでにカウンターの傍で両手にジョッキを持っているのを見る、そこで彼に向かってジョッキ一つを差し出しているオースガウトのところに歩いていく
俺のおごりだ、とオースガウト
そして彼はジョッキを上げる
乾杯、と彼
オーラヴは自分のジョッキを持ち上げる

乾杯、とオーラヴ
そして彼らは乾杯する、すると老人がやってきて彼らの前に立つ
でも俺の分は、俺も何か飲み物をもらうべきじゃないかね、ええ、自分たちの分だけかね、
と彼
賢い人間になれ、アスレ
俺の言うとおりにしろ
老人にビールを一杯おごってくれよ
彼は頭を少し横に傾け、斜《はす》にオーラヴを見上げる、細めた目で
俺が何を言ったかわかっている、そうだろう
俺が何を知っているか、わかっているだろう、アスレ
物乞いはもうやめろ、とオースガウト
俺は物乞いなんてしない、一度だってしたことはない、俺はもらえる権利があるものを要求
しているだけだ、と老人
僕は、ああ僕はもう行かなければならない、とオーラヴ
しかし、お前のビールが、まだ飲み干していないじゃないか、一口飲んだだけだ、とオース
ガウト

だが、そうだ、君が飲んだらいい、二杯なら飲めるだろう、とオーラヴ

そうだな、ああもちろん、飲めるよ、とオースガウト

でも、最後にもう一口飲むんだ

そしてオーラヴはジョッキを口に運び、できる限りの量を飲み、そのジョッキをオースガウトに渡し、もう行かなければならないのだ、もうこれ以上ここにいることはできないんだ、とオーラヴは言い、出口に向かって歩く

おい待つんだ、待つんだ、と老人

お前は俺に一杯おごると約束しただろう

気を付けろよ、気を付けろ、気を付けろ

もう警告したからな

そしてオーラヴは扉を開け、長く暗い通路を歩き、外に出て、酒場の前の通りに立ち、これからどこに行こうかと考える、夕闇がせまりつつある、そして彼は寝場所を見つけなければならないが、おそらく屋根の下ではないだろう、それはあまり大したことではない、それほど寒くもないが、どこかに寝場所を見つけなければならない、彼は考え、周囲を見わたすと、彼のちょうど上に窓があり、年老いた女がそこに立って外を眺めている、彼女は長くて豊かな灰色の髪で、半分カーテンに隠れている、しかし彼女はそこに立ってただずっと外を眺めている、

オーラヴは考える、老婆は特に自分のことを捜しているわけではない、自分を捜さなければならない理由なんてない、なぜ自分はそう考えるのか、老女がそこで自分を捜していると考えさせるものは何だろう、いや、理由なんてないだろう、オーラヴは考え、ポケットの腕輪を握りしめるが、女はまだそこに立ち、半分カーテンに隠れて、自分の方に目を向けているのを見る、確かに、老女はそうしている、彼は考える、それに彼女はなぜそこに立って自分を見ているのか、それが何を意味しているのかと彼は考え、再び窓を見上げる、老婆はまだそこに立っている、半分カーテンに隠れて立っている、そして女が見えなくなった、彼はもうこうやってぼうっと立っている場合ではない、夜が来た、今夜の寝場所を見つけなければならない、彼は考える、どこかに行かなければならない、しかしどこに、どこに行く、彼は考える、すると一人の長くて豊かな灰色の髪をした老婆が通りの向こうにいるのが見える

あんたは、と老婆

寝場所を必要としているように私には見えるわね

そうじゃないのかい

そしてオーラヴはどう答えればいいのかまったくわからない

どうなんだい、と彼女

あんたはそんな風に見えるんだけどね

探しているんだろう
　そしてオーラヴはそうでないとは言えないと答え、彼女は宿が必要なら自分と一緒においでと言う、それでことが片付くよ、と彼女が言う、そして彼はいいだろうと考え、彼女の方へ近づく、彼女は身体の向きを変え、前の扉に入る、彼は彼女が階段を上がるのを見る、彼は彼女に続いて階段を上がる、彼女がはあはあと息をするのが聞こえる、彼女は息を切らしながら、一晩部屋を提供できると言う、そう、それに値段はそんなに高くないよ、ねえ、と彼女が言う、彼女が階段の上に上がると、そこで立ち止まり、大きく息をし、今晩一晩のベッドを準備してくると言う、彼は階段で立ち止まる、彼女はとある扉を開け、中に入ると、彼は階段を上がり、彼女に続いて部屋に入る、長い金髪の若い女がその部屋の中で立って窓から外を眺めているのが見える、老婆が彼女のところに歩き、彼女の隣に立つ、老婆が先ほどと同じように立っている、彼は入口に立ち、彼女たちを見ている、その時老婆が言うのを彼は聞く、ようやくあいつ酒場を出たよ、問題は家に帰る気があるのか、それともまだ歩き続けるのか、しかし彼にはもうこれ以上酒を買う金が残っていないだろう、どこからそれを手に入れるのか、するとその若い女が、うちにはもう一枚の硬貨もありゃしない、どうやって生きていくのか、どうやって食べる物を手に入れるのか、何を食べて生きていくのかと言うと、若い女はオーラヴの方に振り向く、彼はその女がその日少し前に出くわし、彼の腕を取り、狭い路地に引き込んだ女だとわ

かる、あの女だ、もちろんそうに違いない、と彼は考える、そしてその女は彼を見てちょっと
にやにや笑っている、そして彼女はうなずいて言う
あんたも紙のお金は持っていないよね、と女
ああ、とオーラヴ
すると老婆が彼の方に振り向く
払えないのなら、私のところには泊まれないよ、と彼女
それくらいわかっていると思ってたんだがね
でも、とにかく硬貨なら持っているだろう
硬貨の何枚かくらいはさ
一文無しには見えないけど
そんなにひどい身なりをしているわけじゃないし
どうなのさ
そして彼女は彼を眺める
で、あんたは誰なんだ、と彼女
僕か、とオーラヴ
あたしは知っているわよ、と若い女

わかるでしょ
そうかい、と老婆
でも硬貨も持ってないんだろ
誰がそう言った、とオーラヴ
紙幣はあるんだろう、と若い女
そして彼女は近づいてくると、彼の背中に腕を回す、老婆は首を横に振る、女は彼にもたれかかり、頬にキスをする
やめてくれ、そんなことは、と老婆
そして女は彼の口まで舌を這わせ、彼にキスをする
ああ、ああ、まったく思っていた通りだね、と老婆
それから女は滑るように移動し、立ちながら彼の胸に自分の胸を押し付ける
若さ真っ盛りの美しく貧しい女の子だよ、と老婆
そして女は彼の尻に両手を置く
だけど、それでも、と老婆
そして女は彼に身体をゆだねる
いやだ、こんなものを見なきゃならないとは、と老婆

そしてオーラヴは腕をまっすぐにして立っている
お前がこんなことしているなんて思ってもみなかった、と老婆
そしてオーラヴは、これは、これは一体どういうことだ、ここにいるわけにはいかないぞと考える
ねえ、お前、私の娘や、と老婆
そして女は彼の首筋を舐める
こんなことやらかすなんて、と老婆
ねえ君、こんなことをしていてはいけないよ、彼は考える
ちゃんとした結婚をさせようと思っていたが、だめだ、これが本当のお前なら、間違いなく無理だろう、と老婆
そしてオーラヴは女の腕をはねのけ、自身を解放する、彼女は再び腕を彼の身体に回し、背中を撫でると、彼は彼女から身を離す
いやだ、なんなの、あんた、と女
ああ、やだやだ、あたしらはいろいろな不運に見舞われたようだ、と老婆
あんたは本当にひどい奴だわ、と女
ビョルグヴィンで最悪の男よ

あんたほどひどい男は見たことがない
そうだ、何もかもがひどすぎるわ
そして老婆はその場を離れ両手で頭を抱えて、近くの椅子に座る、彼は若い女がこぶしを握りしめて立っているのを見る、その時老婆が、いやだいやだ、ひどい、すべてがひどすぎると言うと、娘は怒って、他のことは言えないのかい、いつも同じことばかり、ひどい、すべてがひどすぎるって繰り返し言ってさ、そして若い女は片方のこぶしを振り上げて老婆を叩き、いつもあたしの愚痴ばっかり、いつもいつも、母さんが若かった頃はましだったって言うつもりなの、ふん、そんなことないでしょ
自分の方がずっと上等だったって言うつもり、と女
お前が何を知っていると言うんだ、と老婆は言い、そして目を細めて娘を見る
あたしが知っているのはね、あたしは知っているんだよ、わかってるんだよ、あたしには、と女
で、あたしが間違っているとでも
あいつ、ここに住んでいるのはあたしの父親じゃないよね、それぐらい知っているのさ
で、私がそう言ったかね、と老婆
ああ、言ったさ、と女

なら、言ったのかもね、と老婆
あいつが父親かも知れないよ
でも確かじゃないよね、と女
そうさ、確かじゃないけどさ、と老婆
じゃあ誰があたしの父親なのさ、いや、あんたもわからないんだろ、と女
心当たりは言っただろう、と老婆
なのに、あんたにあたしを叱りつける権利なんかあるのかい、と女
そしてオーラヴは老婆が言うのを聞く、彼女は娘を叱っているのではない、今まで決して叱ったことがない、時おり手伝ってほしいと頼んだことはあったかもしれないが、手を貸してほしい、食べ物を買うお金がないから硬貨を一枚か二枚くれとか、彼女は娘の面倒をずっと見てきた、彼女は、娘が生まれてからこのかたずっと世話をしてきたじゃないか、それは簡単なことじゃなかった、その間娘のためにたくさんの金がかかり、それに対する感謝がこの怒鳴り声だ、母娘ともここで口に出せないほどのひどい呼び方をされることだ、もうたくさんだ、と老婆は言うと、手で顔を覆い、大きく悲しげな泣き声をあげる、すると女は母親自身がましになっていないのなら、娘について愚痴をこぼす道理はない、バカじゃないか、自分に進歩がないくせに、娘に文句をつけるべきじゃないと言い返すと、老婆は、ほとんど叫び声で、あたしは

もちろん娘が自分自身よりも良い生活を送ることを願い、そのために最善を尽くしてきたのに、その見返りがこの罵声だ、たった一人の自分の娘からのそんな扱い、そんなことありえないだろう、そして娘は他にどうしたらよかったのさ、他に何もできないと言う、老婆はそんなことは信じるもんかと言い、できることはたくさんあるさ、ある程度大人になったんだし、と老婆は言う、娘は問う、言ってみろよ、じゃあ言ってみろよ、あたしができることを言ってみろよ、老婆は答えて言う、できることはたくさんあるだろう、裁縫ができるし、店で品物を売ることもできる、市場《トルゲ》で品物を売ることも、自分の姉のように産婆にもなれる、姉は奇妙にも突然姿を消してしまったけども、何だってできるのさ、自分がしようと思えばと老婆が言う、娘はまさにそうだ、まさにそうだ、それがまさに彼女がしていることだ、自分がしようとしていることをやっていると言う、老婆は自分の欲望に従うということは私が言っている自分がしたいことをするという意味ではない、自分の欲望に従うべきだが、そんな方法じゃなく、自分の欲望を使って自分自身に意義のあるまともな生活とまともな収入を手に入れなければならないんだ、結婚して立派な人間にならなければならない、お前には夫と子供がいなければならない、もっと行儀よくしなければならない、取るに足りない些細な金のためにいろんな男に身を任せてはいけない、そう、そう、それはあたし自身がしたことでもあるんだ、そんなことをしたってなんにも残らないのさ、何もね、あたしには何も残っていない、ただ恥の人生だけ、それはそれで悪くはないんだが、ある意味ね、それが続く限りは、でも続かないのさ、安心して自分の好きなことができる年になる前に終わってしまうんだ、それが終わったら、そう、そう、それが終わったらもう終わり、もう誰もあんたに何もくれなくなるんだよ、そういうことさ、人生はそういうことだと彼女は言う、娘は答えて、もちろんそうよ、だからできるうちに楽しまなくっちゃと言う、すると老婆はこれほど無意味で愚かなことを言う奴を聞いたことがない、彼女は長い間生きてきて、自分が何を言っているのかわかっている、だからもっと素直になって、長い間生きてそれ相応に見識と経験がある者の言うことに耳を傾けて、自分をただすべきなんだと言う、すると娘はもうこれ以上聞いていられないと言って、オーラヴの前に立ち、ドレスの胸元を開き、はだけた胸を彼に向ける、老婆は立ち上がると娘に駆け寄り、その袖を摑む

何やっているんだ、それはやりすぎだ、と老婆

こんなことってあるかい

こんなふうに自分の身を差し出すとは

だめだ、だめだ

そして彼女は娘の髪を摑み、自分の方に引っ張る

痛い、放してよ、と娘

こんなことはやめるんだ、と老婆

この売女、この売女、と娘
売女と言ったね、と老婆
売女、売女じゃないか、と娘
そして娘は老婆の腕を摑み、嚙む、すると老婆が手を離す
この悪魔、この悪魔、と老婆は鳴き声混じりで叫ぶ
これが感謝の言葉かね、この悪魔
出て行け、出て行け、あたしの家から出てけ
この売女、出て行くんだ
そして娘は胸のボタンを留める
荷物を持って出て行くんだ、と老婆
とっとと行け
さあ、さっさと、今すぐに
荷物は後で取りに来るから、と娘
ああ、そうしておくれ、と老婆
そしてオーラヴは女が廊下を通り、玄関の扉を開けて出て行くのを見ていると、あの老人が扉の傍に立っているのに気付いた、老人はそこにずっと立ったままオーラヴを見て、お前は一

体ここで何をしているんだと言う、俺の家には何の用事もないだろう、もしかして侵入してきたのかと彼は言う、もしもオーラヴが酒場で俺に一杯おごっていれば、その時俺にビールをジョッキで買ってくれていたら、そうしたらまた別の話になっただろうが、お前は買ってくれたか、いや、くれなかっただろう、おごれとほのめかすとすぐに、自分の酒を飲み干して出て行きやがった、そして今、今お前はそこに立っている、俺の家にな、ここに何の用があるのか、今から法の番人を呼んでやろう、そしてお前のことは法の裁きに任せる、アスレに申し渡さなければならないことがたくさんあるからな、彼がそう言うと、そこにいた老婆は老人に向かって、それは本当か、なんのことだ、この若者が何をしたのかと問う、オーラヴは扉の方に向かう、老人は腕を伸ばし、両手で扉枠を摑み、出口をふさぐ

警察を呼んで来い、と老人

あたしがかい、と老婆

ああ、そうだ、お前が、と彼

あんたがそこに立っているから通れないよ、と彼女

ああ、確かに、と彼

なぜ呼んでこなきゃならないんだ、と彼女

つべこべ言うな、と彼

言われた通りにするんだ
わかったよ、あんたがそう言うならね、と彼女
そして彼女はオーラヴの方に歩く、彼の前を通る時、彼女の長くて豊かな灰色の髪が彼の腕に触れる、そして老人は片方の腕を挙げ、彼女を通す、そしてオーラヴを見る
これがお前みたいな人間の定めだ、アスレよ、と彼
そして、中にはいり、後ろ手で扉を閉める
お前は俺の娘を狙っていたのかもしれないな、と老人
俺の娘を狙っていたが、あいにく首尾は上々とはいかなかったな、お前をもてなす代わりにピンテン刑場でお前の首にロープを巻いて差し上げよう
こうなるのがお前のような奴の定めだ、アスレ
お前は人殺しだ
お前は人を殺した、俺はよく知っている
そして人に死をもたらす者は、自身に死がもたらされる
それが法律だ、神の定めだ
そして鍵を取り出し、背後の扉に鍵をかけると振り返って言う
そう、そういうことだ、と彼

そして彼はオーラヴの方に少し近づく
で、お前はオーラヴと言うのか、そうか、と彼
そして彼は彼の腕をつかむ
オーラヴ、そうか、と彼
お前が名乗っていたのはオーラヴだったな
他にはない、それだけ、そうだな
オーラヴ
そうだ、とオーラヴ
いつからそう名乗り始めたんだ、と老人
僕の洗礼名だ、とオーラヴ
そうか、ああそうだろうよ、と老人
一緒に来てもらおう
自発的に来るか、それとも強制的に連れて行かれるか
僕がなぜあんたと一緒に行かなければならないんですか、とオーラヴ
すぐにわかることだ、と老人
一緒に行く前に知りたい、とオーラヴ

それは、それを決めるのは俺だ、と老人
そして彼は彼の腕をすり抜ける
やめろ、と老人
やめろ、警察が来るまで、あれが警察を連れて来るのを待つのが一番だ
お前は若く、力強い、そして俺は年寄りだ
お前なら俺から逃げることもできる、そうだろう
だがな、今すぐに警察が来る
そして彼はオーラヴを見る
お前にこれから何が起こるのか知っているか、と彼
いや、知らないだろう
お前は知らないだろうさ
それは、それはそれでいい
つまりだな
するとその時、おもての扉の取っ手が引かれ、老婆の声が開けてくれと叫ぶ、老人が向かい、扉を開ける、オーラヴは老婆がそこに立っているのを見る、彼女の後ろにオーラヴと同い年くらいの男が黒い服を着て立っている、そして彼の後ろにはもう一人同年代の男が立っていて、

彼もまた黒服だ
あいつはここだ、と老人
そして二人の男はオーラヴのところに向かって来ると、彼の両腕を背中に回して縛り上げ、彼を捕らえる、それぞれの腕に手を回し、男たちは彼を扉の方に引っ張る、そして彼は老人が投げつける言葉を聞く、このざまだ、そうだ、これがお前の行き着く先、これがディルジャのアスレの成れの果てだと、他に何を期待していたのか、人の命を奪う者は自身の命を奪われるのだ、そう書いてあるからなと彼は言う、オーラヴが振り向くと、老人が扉の傍に立っているのが見える、彼らの目が合う、すると老人は俺様にビールをおごらなかった者の、金《かね》を持っていたくせに分かち合おうとしない者の成れの果てだと言う、だから俺は別の方法で金を稼がなければならないのさ、懸賞金だ、アスレはそれについて聞いたことがあるのか、いや、いや、いや、まず聞いたことがないだろうよ、だが懸賞金と呼ばれるものがある、そういうものがあるのさ、うんそうだ、と彼は言うと、にんまり笑う、オーラヴが向きを変えると、二人の男が彼を連れて階段を下り外の通りに出し、通りを速足で歩く、片側にひとりずつ彼の腕をしっかりと摑み、みな無言で、彼は何も言わないのが一番だと考える、彼の前方にあの若い女がいる、そして彼女は彼に目をやると、あらまあ、あんた、そんなにお気楽にお元気に歩いていらっしゃるとはねと言葉を掛ける、ああ、あんたにまた会えて本当に良かったわ、そして彼女は腕を挙げ、彼の前に出すと、そこには、彼女の腕には、あの美しい腕輪、最高に金色の金と最高に青い青真珠で飾られた腕輪が彼女の腕に輝いている、彼女はその腕を挙げて立ったまま、オーラヴに手を振り微笑む、まさか、そんな、オーラヴは考える、あの腕輪が盗られたなんて、あの女は僕のポケットに手を忍び込ませたに違いない、彼は考える、あれは、あの腕輪はオスタの腕にこそあるべきものなのに、それがあの女の腕で輝き煌めいているなんて、そして彼女は男たちの傍に寄って来ると、彼らと共に歩き始める、その間ずっと彼女は腕輪をつけた腕を高く掲げている、彼女の金髪の長い髪がその歩みとともにゆらゆらと上へ下へとなびく、そして彼女が言うには、あんたにまた会えたらいいなとちょっと思っていたかも、でも今、今はもうあんたに用は無い、そしてその間ずっと彼女は腕輪をつけた手を彼の眼前に掲げている、もうそんな価値はないねと彼女は言う、でも釈放されたら、来ればいい、彼女のところに戻ってくればいいと彼女は言う、そして彼女は腕輪の飾られた手を彼の目の前に掲げ、見てよ、見て、素敵でしょ、あたしにこんな素敵な腕輪をくれるとはね、ありがとう、あんたに礼を言うよ、この恩はいつまでも忘れないよ、そして彼女は彼が釈放されたら、この腕輪の代わりに何かやるよ、約束する、だからこの腕輪はありがとう、ありがたく頂戴すると彼女が言う、彼は目を閉じ、二人の男に引っ張られるまま付いて行く、そして女がありがとう、腕輪をありがとうと大声で呼びかけているのを聞く、そう、まさに、女は叫んでいる、彼には目を開けるつもりがなく、しっかりした足取りで前に進む、そうだオスタは今どこにいる、小さなシグヴァルドは今どこにいる、オスタと小さなシグヴァルドはどこにいる、オーラヴは考える、彼はしっかりした足取りで歩き、目を閉じたまま着実に前に歩を進め、そして彼は家の前でオスタが小さなシグヴァルドを抱いて立っているのを見る、バルメンの家の前で君は立っている、素敵なオスタ、最愛のオスタ、彼は考える、そして、自分自身の声を聞く、もしかしたら、今後は名前をアスレではなく、オーラヴとするのがいいかもしれないと彼は言う、するとアリーダは理由を尋ねる、彼は答えて言うに、それは誰かが何らかの理由で僕たちを捕まえようとしているから、名を変えるのが一番の、最も安全な方法なんだと思うと言う、彼女は一体なぜ誰かが彼らを捕まえようとしているのかと尋ねる、彼はわからないと言う、彼は名前を変えるのが一番だという考えにたどり着いたと言うと、彼女はいいわ、彼がそう言うならそうしましょうと答える

じゃ、これからはオーラヴだ、もうアスレじゃない、と彼

そして、私はオスタで、アリーダじゃない、と彼女

それから彼はさあオーラヴが家に入るぞと言う、彼女はオスタが彼と一緒に家に入ると言う、彼がドアを開けると二人は家に入る

でも、小さなシグヴァルドは、ずっとシグヴァルドでいいのよね、と彼女

そうさ、もちろん、オスタ、と彼

ねえオーラヴ、ねえオーラヴ、と彼女
そして彼女は笑う
うんオスタ、うんオスタ、と彼
そして彼も笑う
それから僕たちの苗字はヴィークだ
オスタとオーラヴ・ヴィーク
オーラヴとオスタ、それから小さなシグヴァルド、と彼女
そういうこと、と彼
でも、いつまでここに住めるのかしら、と彼女
きっと長い間、と彼
でも、この家の所有者さんがいるはずよ、と彼女
ああ、そうだな、きっと、でももう死んじゃったんじゃないかな、と彼
あらそう思うの、と彼女
ここに来た時には空き家だったし、きっとずっと空き家だったんだろう、と彼
あらそれでも、と彼女
住むにはいいところね

ここは快適だ、と彼
そうね、と彼女
それにまだ生ハムはたっぷりあるし、と彼
うん、と彼女
ああ、あの肉を見つけることができたのは幸運だった、と彼
見つけた、見つけたのね、と彼女
あの農場には充分過ぎるほどあったんだ、と彼
でも、隣人から盗むべきではないわ
それしかできないなら、仕方ないじゃないか
そうかもしれないけど
それから魚を獲る、と彼
でも、あの船は、もしやと、彼女は言いかけて途中でやめる
あの船はちゃんとあそこで係留されているさ
ええ、私たちきっとうまくやっていけるわよね
君と僕はうまくやっていけるさ
あなたと私と小さなシグヴァルド

オスタとオーラヴ・ヴィーク、と彼
それにシグヴァルド・ヴィーク、と彼女
すべてうまくいくよ、と彼
そして彼はそのうちビョルグヴィンまで行かなければならないと言う、そこでやるべきことがあるんだ
それはどうしてもなの、と彼女
いや、そんなことはないけど、そこで買うものがあるんだ、と彼
やっぱりフィドルを売らなければよかったのかも、と彼女
フィドルを売ってしまったからこそ、ビョルグヴィンで買えるものがあるんだ、と彼
でも
なあに、と彼女
うん、だからその日も何か食べないとな、と彼
ええ、たいていの日はそうでしょうね、と彼女
そうだったね、と彼
そしてオーラヴはビョルグヴィンに今日にも出かけるかもしれないと言う、彼はここしばらく考えていて、そして今日がその日だと言う、オスタは行かないで、今はやめて、私が一人ぼ

っちでバルメンに残ることになってしまうから、それは嫌よ、いろんなことが起こるかもしれないし、いろいろな人がやって来るかもしれない、一人になりたくない、と彼女は言う、二人で一緒にいれば何でも楽しいけれど、オーラヴはがんばって早く帰って来るからと言う、急いで、とにかく速足で歩く、そして買おうと思っている物を買い、買った物を持って彼女のところに戻ってくる、そうだ、そんなに長い間離れていないと言う、オスタができたら彼女と小さなシグヴァルドも一緒に連れて行ってくれないかしらと訊くと、彼はもちろんそれも可能だ、それに越したことはないと思うが、しかし一人のほうが早く動けると言う、二人で行けば、小さなシグヴァルドを抱っこして運ばなければならないし、ビョルグヴィンまでかなりの時間がかかってしまう、でも彼が一人で行けばそんなに時間はかからない、急いで行くから、そんなに時間はかからない、彼ができることは彼女と小さなシグヴァルドのところに早く戻ってくるように急ぐことだけだと言う、そしてオスタはそうね、あなたが言うことが正しいわと言う、でもビョルグヴィンでは決して女の人には近づかないと約束してくれと頼む、決してあそこの女たちと話してはいけない、あの女たちが考えていることはただ一つ、ただ一つのことだけ、恥知らずで男と寝ることしか頭になく、そうでなければ誰彼構わず口汚く罵るだけ、さあ約束してちょうだい、彼女たちと決して関わらないと、オーラヴは彼がビョルグヴィンに出かけるのは女たちに会いに行くためではないと言う、彼女はそれは、もちろん彼女も知っているが、彼女を悩ませるのは彼がそうしようと考えているからではない、それは全く違う、彼女を悩ませるのはそこにいる女たち、彼女たちの意志、その影響力、ビョルグヴィンの女たちは自分が何を欲しているかよくわかっている、彼女たちをみくびってはだめと彼女は言う、そして彼女は彼に行ってはいけない、行かないでと言い、彼が自分でない別の女といい仲になってしまったら、きっとその女はきれいな顔で、長い金髪、ああ、なんてひどい、ああ、きれいで狡猾《こうかつ》な女なんだろう、金髪で青い瞳の、私のような黒髪ではなく、私のような茶色の瞳ではなく、ああ、そんな残酷なとオスタは続けて、だめよ、今日ビョルグヴィンに行ってはだめ、行ったら彼らに何か悪いことが起こる、何か悪いことが起こる、何か恐ろしいことが起こる、何かひどく恐ろしいことが起こる、彼女が想像するのも怖くてできないようなことが起こる、何か耐え難いことが起こる、何かすべてを破壊するようなことが起こる、彼はいなくなってしまう、父アスラックが姿を消したように彼も姿を消す、永遠に、彼女はそれを感じることができる、彼女はそれを知っている、彼女は確かに感じる、彼女は確信している、そして彼に言わなければならない、放っておけない、これだけは言わないと、そして彼女は彼の手を取り、彼女は彼の手を強く握り、彼女を残して行ってはならないと言う、そうすれば彼女は二度と彼に会えなくなるから、彼は言う、今日はどうしてもビョルグヴィンに行かなければならない、歩くには遠いが、今日は天気がいいし、風もない、雨も降っていない、フィヨルドがどれほどきらきらと輝き、どれほど青く見えることか、それに穏やかだ、今日はビョルグヴィンに行くべき日なんだ、彼はそれを確信している、それにもしも誰かが訪ねてきて彼の名前を尋ねる、あるいは彼女の名前を尋ねることがあったなら、彼の名前はオーラヴと彼女の名前はオスタと答えなければならない、前に決めたように、そして出身地がどこかを訊かれたら、ディルジャの生まれと正直に伝える必要はないと彼は言う、ではどこの出身だと言うべきかと彼女が訊くと、彼はビョルグヴィンの近郊、ずっと北の方のヴィークと呼ばれる場所と言うのだ、ビョルグヴィンの北にはヴィークという場所があるに違いないからと言う、彼女はじゃあわかった、彼女はヴィーク出身、彼女の名前はオスタでヴィークの生まれ、フルネームはオスタ・ヴィークねと言う、そして彼はそうだ、その通りだよ、そして彼のフルネームはオーラヴ・ヴィーク。この先彼らはこう呼ばれる。これから彼らはオスタとオーラヴ・ヴィークだ、彼らは結婚していて、息子シグヴァルド・ヴィークがいる。彼らはヴィークの教会で結婚式を挙げ、その後彼らの息子シグヴァルドがそこで洗礼を受けた、彼らはまだ指輪を用意できていないが、まもなく買うつもりである、彼女はそう言わなければいけないと彼は言う

わかったわ、オーラヴ・ヴィーク、と彼女

そういうことにしよう、オスタ・ヴィーク、と彼

そして彼らは微笑み合い、彼は言う、さあ、僕はもう出発しないと、オーラヴ・ヴィークは、

ビョルグヴィンに行くんだ、僕には用事があるから、そして用事が済んだら彼女と小さなシグヴァルドのところに急いで帰って来ると彼が言う

ええ、ぜひともそうしなくちゃだめよ、と彼女

うん、そうするよ、と彼

オスタが扉の傍に立つ彼を見ると、彼は彼女に微笑む、そして素早く扉を閉める、彼女は一人ぼっちになる、彼女と小さなシグヴァルド、孤独を感じる、全身で感じる、オーラヴには二度と会えない、彼は行ってはいけないのに、彼は今日ビョルグヴィンに行ってはいけないのに、しかしそれはもうすでに彼に伝えた、彼女は自分がわかっていることをすべて彼に伝えた、でも彼は彼女の言うことを聞こうとはしない、彼女はただなんでも彼女の望みを伝えることはできるが、そうしたって彼は彼女の言うことを聞かないのだ、彼女は見送りに出て行かない、彼が彼女から去っていくのを見たくない、彼の姿を最後にもう一度目に留めようとはしない、というのは、今彼女は自分の夫を、最愛の人を見送ったから、これが最後だ、彼女は考える、これから彼女はオスタという名前で、彼はオーラヴ、そして彼女は最後に自分のオーラヴを見たことになる、彼も私の父アスラックのようになるのだろう、ある日家を出て行ったまま、永遠にいなくなった、そして彼女は今一人ぼっちになった、いや彼女と小さなシグヴァルドの二人きりだ、これからはそうだ、今からは二人だけだ、オスタは考える、すると小さなシグヴァル

ドが泣き出したので、彼女は息子を抱き上げ、ゆらゆらと揺すり、赤子を胸に抱いて前後に揺らす、子は泣き続ける、彼女は揺する、泣かないで、いい子だから泣かないでと、泣かないで、向こうの干し草の上で涙を流すのは止めて、笑わずに、泣き言を言わないで、そんなこと何もしないで、この家にあなたは住む、母アリーダと小さなシグヴァルドが住む、ここで生きる、ここに暮らす、ここで一生懸命働く、母アリーダは織物をし、シグヴァルドは船に乗って海を渡る、だから泣かないで、すべてうまくいく、いつかお金持ちになる、いつかお城のような暮らしが出来るのよと彼女が言う、するとシグヴァルドは泣き止む、そしてオーラヴが身をよじって逃げ出そうとすると、彼の腕を掴んでいる男たちも跳びついて言う、お前は何を企んでいるのか、俺たちからそんなに簡単に逃げられると思っているのか、おい観念して大人しくしろよ、すぐにお前は二度と暴れられなくなる、すぐに死んで転がり静かになるのさ、人殺しにふさわしい結末だ、人殺しは殺されて償わなければならない、すぐに二度とじたばたできなくなるさ、ふん、処刑人がしっかり見届ける、問題ない、処刑人は信頼できるからな、お前のような奴を暴れさせなくするのが得意だ、と彼らは言う、それは確かだ、お前もすぐに大人しくなるだろう、ピンテン刑場に出て行けば、多くの人がお前の周りに集まって来る、ビョルグヴィンに住む者のほとんどがお前がそこで吊るされるのを見ようとやって来る、ビョルグヴィンの全住民がお前の死ぬところを見る、そしてお前が死んでもう動けなくなると、吊るされている姿を見る、そして彼らはお前が折れた首で地面に横たわって死んで硬くなっているのを見る、そうだ、だから彼は今さらじたばたするのはやめた方がいい、死刑の時は、どのみち蹴ったり叩いたりして暴れるもんだが、まあ好きなだけ蹴ったり暴れたりすればいいさ、しかしそれまでは蹴ったり暴れたりはとっておくんだ、と彼らは彼に言う、そうして彼を強く引っ張りながら進み続ける、その速さにオーラヴはついていけず、膝をついて倒れると、彼らは膝をついたままで引っ張り、通りを進む、それは痛いので、彼は再び足で立つ、そうして彼らは再びどんどん進むと、さあまもなく着くぞと男たちは言う、もうすぐだ、ああ助かった、これ以上この情けない奴を引きずりながら歩く必要はない、これでこいつとはおさらばだ、こいつを牢屋に入れ、しっかりと扉を閉めれば、俺らの仕事は終わる、それからは別の者が引き継ぐ、と彼らは言う、そして数日も経たないうちに処刑人の準備ができ法の裁きは下る、大勢の目の前で、何よりビョルグヴィンのすべての者の前で、ピンテン刑場で、法の裁きが下る、彼らは正義が執り行われるのに貢献している、正義は果たされる、正義は常に第一に優先されなければならない、処刑人が仕事を終えると正義が果たされるのだ、と言うと、彼らは突然右に曲がり、牢屋に向かっていると言う、犯人がついに捕まったのは本当に良いことだ、あのおいぼれの流れ者のおかげだ、あいつは処刑人として見込みがありそうだと言う、それから彼らはまた急に右に曲がり、急な階段を下りる、オーラヴが顔を上げて、雨に濡れた黒い岩の中を見る、彼らは彼を階段から引きずり下ろす、とうとう地下に着くと、そこはとても暗く、ほとんど何も見えない、ただ目の前にあるおそらく扉と思われる灰色あるいは黒の何かだけ、彼らは立ち止まる、そしてそのままじっと立っている。そして、オーラヴの前の方にいる男が手を離す。そしてガタガタという音が聞こえ、彼は扉に向かってかがみ、手探りをして、ええいくそっと罵った後、鍵をなんとか鍵穴に入れると、扉を押し開ける

ここは暗いから開けるのは簡単じゃない、と彼

でもやっとできた

ふう、畜生、うまくいった

そして彼は先に扉をくぐると、後ろ手にオーラヴの腕を引く、そしてオーラヴは一歩、二歩とどうにか足を踏み入れ、扉の中に入った

これからここで過ごすんだ、お前の残りの時間をな、と片方の男

お前の残りの時間を、ここで過ごすんだ、ともう一人の男

お前にふさわしいところだ

お前のような奴は生きていてはいけない

お前のような人殺しは死ぬんだ、ともう一人の男

そしてオーラヴは牢の中に立っている、二人の男たちは外に出ると、扉を閉める、オーラヴ

は鍵がカチッと鳴るのを聞く、そして扉が施錠されるのを聞く、彼は立っている、扉に両手をつき、立っている、彼は何も考えていない、まったくの空虚、喜びや悲しみは一切彼の感情に届かない、それから彼は片手を扉から離してその横の石の方に滑らせる、石は濡れている、彼は石に沿ってゆっくりと手を滑らせ、そしてもう一方の手も石に沿って滑らせる、その時何かが彼の脚に触れる、手を下ろすと、それはベンチだった、そして彼は手探りで前に進むと、慎重にそこに腰を掛け、さらに探りながら、身体を横たえる、横たわったまま自分の前の空虚な暗闇を見る、彼は空っぽだ、彼は何もない暗闇のように空虚、横になっている、ただ横になっている、彼はずっと横になっているだけ、そして彼は目を閉じる、すると肩にアリーダの手を感じる、そこで寝返りを打って、自分の手を彼女に回し、彼女を自分の方に引き寄せる、そして彼は彼女の規則正しい呼吸を聞く、彼女は確かにそこに横たわって眠っている、呼吸は規則正しく、身体は暖かい、彼は手を伸ばし、彼女の隣に小さなシグヴァルドがいるのを感じる、彼もまた規則正しく呼吸している、彼はアリーダのお腹に手を置き、じっと穏やかに横たわる、彼は動かずに、彼女の規則正しい呼吸を聞いている、彼は寝返りを打つ、彼は寒いと感じ、同時に熱さを感じる、凍えている、なのに熱い、彼は冷たい、だが汗をかく、そしてアリーダ、アリーダはどこにいる、小さなシグヴァルドはどこにいる、暗い、どこもかしこも濡れている、汗をかいているが、自分は眠っているのか目が覚めているのか、なぜここにいるのか、なぜここにいなければならないのか、なぜこの穴の中にいるのか、扉は鍵がかかっている、そしてアリーダ、もう二度とアリーダに会うことはないのか、そして小さなシグヴァルド、もう再び小さなシグヴァルドに会うことができないのか、なぜ僕はこの穴にいるのか、とても体が熱い、なのにとても寒い、そして眠っているのかもしれない、起きているのかもしれない、熱いし、寒い、そして目を開ける、扉に隙間があり、小さな光が入ってくる、彼は扉を見る、そして大きな岩を見る、岩の上に重なる岩を、彼は立ち上がり、扉まで歩いて行くと、取っ手を引く、扉には鍵が掛けられている、全体重を扉にかけるが、扉には鍵が掛けられている、アリーダはどこだ、小さなシグヴァルドはどこだ、彼は凍えている、彼は汗をかく、細い穴から外を見るが、見えるのは階段の石だけだ、それに彼はここに長い間いるのか、それとも最近来たのか、ここに長く閉じ込められるのか、それともまもなく釈放されて日の光を目にするのか、彼はもうすぐ通りを抜けてアリーダと小さなシグヴァルドのもとに戻れるのか、アリーダと小さなシグヴァルド、そして彼、アスレ、彼ら三人、彼は考える、しかし彼はもうアスレという名前ではない、彼の名前はオーラヴ、それさえぼんやりとして覚えられない、彼の名前はオーラヴ、アリーダの名前はオスタで、小さなシグヴァルド、あの子の名前はシグヴァルドだ、彼はぎくっとする、足音が聞こえたのだ、それから鍵穴に鍵が差し込まれる音がする、彼はベンチに座る、あれは彼を連れ出しにきた処刑人ではないだろう、そんなことがあるわけがない、まさか、彼はオスタと小さなシグヴァルドのもとに戻るのだ、だから誰も彼の首にロープをかけて縛り首にすることはできない、もちろんできない、彼らは彼をどうしたいか好きなように考えればよい、しかし実行はできまい、オーラヴは考える、そしてまたベンチに横になり、前を見る、すると扉が開き、一人の男が地下牢に入ってくるのを見る、彼はそれほど大男ではなく、猫背で前かがみで、頭には灰色のニット帽をかぶっている、彼はただ立ってオーラヴを見る、彼はそれがあの老人だとわかる

人殺しを捕らえた、と老人

細く、すすり泣くような声で彼は言う

しかし今、まもなく法の裁きが下る、アスレよ

人を死に至らしめた者は自分も死を迎えなければならない

そして老人は目を細めて黒い袋のようなものを取り出し、自分の頭にかぶせて、そのまま長いこと扉の横に立つ、そしてまたその袋を外す

見たか、アスレや、と彼

そして目を細める

私が誰なのか、処刑人が誰であるかをお前も知っておくべきだと思ったのでね、と彼

お前がそれくらいのことは知る権利はあるだろうと

それともどう思うかね、お前は、アスレよ
そう思わないか
そうか、そうか、そう思うんだな
それ以外の答えだとは思わなかったさ
そして老人は振り向くと、オーラヴは聞く、彼が彼らにさあ来いと言うのを、そしてオーラヴをこの地下牢まで連れてきた二人の男が現れる、老人の両側に一人ずつ、老人の少し後方に
さあ、ときは訪れた、と老人
私はここに来たぞ
処刑人の到着だ
そして彼が連行しろと叫ぶ、するとあの二人の男が地下牢の中に入って来てベンチに向かい、彼らはオーラヴの肩をそれぞれ摑み起こし、ベンチに座らせる
立て、と老人
そしてオーラヴが立ち上がると、男たちはそれぞれが彼の腕を摑み、背中の後ろに回し、両腕を縛る
さあ歩け、と老人が叫ぶ
そしてオーラヴが一歩前に出る

歩け、と彼が再び叫ぶ
すると二人の男が再びオーラヴの腕を取る
いま法の裁きが下る、と老人
そして男たちはオーラヴを挟んで扉に向かって歩き始める、彼らはそれぞれが彼の腕をしっかりと摑んでいる、そして外に出ると、階段を上がり始め、上まで来たところで立ち止まる、オーラヴは老人が地下牢の扉を閉め、そして自分もまた階段を上がるのを見る、老人は彼らの前に立ち、オーラヴを見る
いま法により刑が執行される、と老人
正義の時がやってきた
こいつをピンテン刑場に連れて行け、と彼が叫ぶ
さあ行くんだ、と彼が叫ぶ
そして老人は長い均等な歩幅で通りを歩き始める、彼は黒い袋を振る、二人の男はオーラヴの腕を引き、そうして彼は通りを歩く、二人の男に挟まれ老人の後ろを、そして彼らは大声で叫ぶ、処刑人が来た、処刑人はここにいる、今から法の裁きが下る、今こそ死者は償われる、今こそ死者に正義がもたらされると彼らは叫ぶ、そしてオーラヴは手指を伸ばす、そこには誰もいない、彼は誰も感じない、君はどこにいる、君は今どこにいるんだ、アリーダ、彼は考え

早川書房の新刊案内　2024 9

〒101-0046 東京都千代田区神田多町2-2　電話03-3252-31

https://www.hayakawa-online.co.jp　● 表示の価格は税込価格で

(eb)と表記のある作品は電子書籍版も発売。Kindle/楽天 kobo/Reader™ Store ほかにて配

＊発売日は地域によって変わる場合があります。　＊価格は変更になる場合がありま

全世界が熱狂する"ロマンタジー
(ロマンス×ファンタジー)
日本上陸！

アメリカで400万部突破！

2023年アメリカで最も売れた大人気シリーズ
世界42カ国で発売決定
Amazon MGM Studioで映像化決定！

読者投稿型書評サイト Goodreads 130万人以上が★5.0

フォース・ウィング
―第四騎竜団の戦姫―
(上・下)

レベッカ・ヤロス
原島文世訳

20歳のヴァイオレットは竜の騎手となるため軍事大学に入学する。がそこは、入学者の大半が命を落とす危険な場所だった！　そんなな彼女は、所属する第四騎竜団の冷酷な団長ゼイデンに強く惹かれてく。極限状態の恋と、竜との絆、そして命がけの戦い――。

四六判並製　定価各2090円［絶賛発売中］　(eb9月)

表と裏から読めるふたつの物語が交差する
本格謎解きミステリ

ターングラス——鏡映しの殺人

ガレス・ルービン／越前敏弥訳

eb9月

一八八一年イギリス、エセックスのターングラス館で起こった毒殺事件。事件解明の鍵は、館に監禁された女性が持つ一冊の本にあるという。一方、一九三九年アメリカ、カリフォルニアでは推理作家が奇妙な死を遂げる。彼は、死ぬ間際に58年前の毒殺事件の物語を書いていた。

四六判上製　定価2750円［19日発売］

予言的ディストピア小説『侍女の物語』の
著者による傑作短篇集

老いぼれを燃やせ

マーガレット・アトウッド／鴻巣友季子訳

eb9月

高齢者を口減らしすべく介護施設をつぎつぎ襲撃する若者と、待ち受ける老婦人を描く表題作。4人の夫を看取ってきた女性と、〝運命の相手〟との再会を描く「岩のマットレス」。復讐譚、ゴシックホラー、社会批評など、バラエティに富んだ9篇を収めた傑作短篇集

四六判上製　定価3080円［19日発売］

二〇二三年ノーベル文学賞を受賞した
ノルウェー人作家の代表作

三部作《トリロギーエン》

eb9月

アスレは不毛な海岸地帯の街をさまよっていた。妊娠中のアリーダを連れ、住居と仕事を探していたのだ。だが、お互いだけが家族の17歳を助けてくれる者はいない。決死の思いの選択は、やがて家族の生に影を落とす。ノ

る、彼はもう少し指を伸ばす、そこには小さなシグヴァルドがいない、彼らはどこにいる、アリーダと小さなシグヴァルドはどこにいるんだ、彼は考える、そして彼は老人が黒い袋を振るのを見る、さあ集まれ、みな来るんだ、集まれと彼は叫ぶ、法の裁きが下るのを見ろ、集まれと彼は叫ぶ、オーラヴは老人と彼自身の周りに人が集まり始めているのが見える

集まれ、集まれ、と老人が叫ぶ

今こそ正義は果たされる、と彼が叫ぶ

さあ歩け、と彼が叫ぶ

ピンテン刑場で正義が果たされる時が来た、と彼が叫ぶ

来るんだ、集まれ、さあみなの者、と彼が叫ぶ

さあ行け、と彼が叫ぶ

そしてオーラヴはすでに多くの者が集まっているのを見る、もう自分はその大きな群衆の一部になっている、そして彼は聞く、アリーダがあなたはそろそろ起きないのと言うのを、そして彼は彼女が床に立っている、半分服を着かけて立っているのが見える、彼が起き上がると、床の上で小さなシグヴァルドが這い這いをしているのを見る、シグヴァルドはほとんど裸ん坊だ、そして彼は老人がさあ、皆集まれ、集まれ、と叫んでいるのを聞く、寒くて仕方がない、しかし熱い、すべてが虚しく、彼は目を閉じ、ただ前に歩を進める、金切り声や叫び声が聞こ

える、彼は思う、もはや何も存在しない、喜びも悲しみもない、今はあの高揚だけが残っている、彼の高揚、アリーダの高揚
僕はアスレだ、と彼が叫ぶ
そして彼は目を閉じて歩く
そう、お前はアスレだ、と老人
それは今までずっと言っていたことではないか
だが、お前は、もはやアスレではない振りをしていた
この嘘つきめ
そしてアスレは自分が知っている自分自身であろうとする、高揚、アリーダという名の高揚、彼は舞い上がって高揚したいだけだ、アスレは考える、金切り声や叫び声が聞こえてきた、そして彼らは立ち止まる
刑場に着いたぞ、と老人
そしてアスレが瞼を開けると、そこに、前の方に、アリーダがいる、小さなシグヴァルドを胸に抱いている、彼女は子をあやし、優しく左右に揺らし、さあおやすみ坊や、舞い上がるのよ、生きて、楽しく暮せるように、長く正しく生きて、自分らしく暮らせますようにとアリーダが言う、そして彼女は小さなシグヴァルドを前に後ろに揺らす、それから彼女はアスレを前

に後ろに揺らす、アスレはフィヨルドを見ている、それはきらきら輝く青、今日はフィヨルドが青く輝いていると彼は考える、完全に穏やかな景色だ、アリーダの後ろにヴィーカのオースガウトが立ち、彼はアスレに手招きをして、お前の名は一体アスレなのかそれともオーラヴなのか、ディルジャの生まれなのかそれともヴィークの出なのかどっちだと訊いている、それから金切り声と叫び声だけが存在する、そして彼はあの女が走ってきて、アリーダのところに行き、アリーダの前にあの腕輪をつけた手を高く掲げて見せつけるのを見る、それから女はアスレの方を見て、腕輪の飾られた手を高く挙げ、彼に手を振る、腕輪をつけた手を振っているその女の後ろには宝石商が歩いて来る、ゆっくり、ゆっくり、高価な服を着て、アスレの方に歩いて来る、そして宝石商の後ろにはあの老婆が歩いて来る、彼女の頭の後ろには長くて豊かな灰色の髪、その髪がどんどん近づいてくる、彼に見えるのは彼女の長い豊かな髪だけになり、そして彼はたくさんの顔を見る、無数の顔が見えるのに、その中に彼が知る者はいない、アリーダはどこへ行った、小さなシグヴァルドはどこへ行った、彼らはさっきまでそこにいたんだが、今どこにいる、彼らはどこだ、そして彼の頭に黒い袋がかぶせられ、首にロープがかけられる、彼は悲鳴と叫び声を聞く、首にロープの感触、それからアリーダの声が聞こえる、そこにいたのね、私のいい人、世界で一番素敵な人、そこにいたの、私はここよ、何も考えなくていいのよ、涙を流さないで、怖くないわ、私の愛しい人と、そしてアスレは高揚する、青く輝

くフィヨルドに向かって、それからあの青い空の向こうへと高く舞い上がる、アリーダは言う、
おやすみなさい愛しい人、舞い上がりなさい、生きるのよ、弾いてちょうだい、素敵なあなた、
そして青く輝くフィヨルドへ、それからあの青い空の向こうへと高く舞い上がるのよ、そして
アリーダはアスレの手を取り立ち上がらせると、彼はそこに立ってアリーダの手を握る

疲れ果てて

アーレスはウールの毛布を自分の身体にしっかりと引き寄せる、少し寒い、そう彼女は考える、椅子に座り、白い薄手のカーテンにほぼ完全に覆われた窓の方を見ている、光は一番下の僅かな隙間からしか差し込まず、彼女はある意味何も見ることなく見ている、それから誰かが窓の外を通り過ぎるのを見る、そして、それが誰なのかは、わからないが、誰かが外を歩くのを確かに見た、今ここに自分は住んでいるのだ、彼女は考える、通りに限りなく接近している小さな家で、こんな家で自分は一生を送ることとなった、彼女は考える、もしカーテンがなければ、誰でも彼女が今座っている姿を見ることができると、彼女は考える、彼女が今もまだそこに座っていることも見えるだろう、はっきりとではないが、ただ誰か人が座っていることだけがわかる、彼女は考える、しかし彼女がそこにいるのを誰かが見て何か問題があるだろうか？　いや、全然そんなことはない、彼女は考える、そんなことは大した問題じゃない、彼女は考える、そう、問題じゃないわ、彼女は考える、彼女はウールの毛布をさらに自分の身体に引き寄せようとする、そして考える、あなたがアーレス、あなたが年寄りのアーレスね、彼女は考える、もうすっかりあなたも歳を取ったわね、アーレス、彼女は考える、今あなたは椅子に座り、暖を取っている、彼女は考える、そしてストーブにもっと薪をくべることにしようと考え、立ち上がって薪ストーブの方に行き、その扉を開けて少し薪を足し、それからまた自分の椅子まで戻り、腰を下ろし、身体に毛布を広げると、しっかり巻き付けて、そのまま真正面の窓の方を眺める、彼女は特に何も見ることもなく自分の居間の窓の方を見ている、そして母アリーダが今のアーレスのようにヴィーカにある自分の家の居間に座っているのを見る、そして彼女は母アリーダがゆっくりとぎこちなく立ち上がり、ゆっくりと短い歩幅で床を横切って歩くのを見る、一体どこに行くの？　何をしようとしているの？　外に行くの？　それともその隅のストーブの方に行くの？　そしてアーレスも立ち上がるとぎこちなく短い歩幅で部屋を横切り、アリーダが自分の家のキッチンの扉を開けるのを見て、アーレスも自分のキッチンの扉を開け、アリーダがキッチンに入ると、アーレスも自分のキッチンに入る

私も歳を取ったわね、とアーレス

月日の経つのはとても速いものだ

それにしても、私は生前の、歳を取ってからの母アリーダを見たことがないのに、なのに今は母の姿がよく浮かぶ
どうしてなのかしら
私はすっかり歳を取ってしまった
年寄りになった
独り言はやめなければ
普段はうちで一人ぼっちでぶらぶらしているだけだけど、ときどき、子供や孫が訪れてくれることもある
そうでなければ、いつもはここでちょこちょこと歩きまわり、そして独り言をつぶやくばかり
そしてアーレスはアリーダがキッチンのテーブルの傍らの椅子に腰を下ろすのを見て、自分もキッチンのテーブルの傍らの椅子に座る、ああ私の素敵なキッチンよ、彼女は考える、このキッチンにいるのが一番気持ちが良い、彼女は考える、彼女はいつもそう考えている、彼女はあまりにも頻繁にそう考えている、いつも、いつもこの家ではこのキッチンが一番居心地が良い、とアーレスは考える、このキッチンは多分それほど大きいとは言えないが、自分にはこのキッチンは居心地が良い、彼女は考える、テーブルと椅子、食器棚、それとストーブがある、

まさに母のキッチンにもあったように、その黒いストーブは部屋の一角に置かれ、彼女はそこに火を入れて、暖を取ったり料理をしたりするのだ、母親が持っていたのとそっくり同じストーブだ、それに部屋の真ん中にあるテーブル、壁に沿って置かれた長椅子、それから部屋のなかにまた奥の部屋とロフトがあった、そのロフトを彼女は良く覚えている、そこで彼女たち、彼女と妹は寝ていた、しかし、それは、ずいぶん前のこと、もうすでにない過去、存在したけれど、存在しなかったようなもの、そしてそこに横たわる妹は青白く、逝ってしまった、彼女の青白い顔、その開いた口、その半分開いた目は決してアーレスの脳裏から消えることはない、いつでも目に浮かぶ、なぜなら妹は病気で死んだのだが、事態はひどく急に進行したのだ、妹は元気で楽しく暮らしていたのに、突然病気になって死んだ、兄シグヴァルド、実際は異父兄だが、彼女がまだ幼かった頃に家を出て、二度と戻ってこなかった、誰も彼がどうなったのか知らなかった、しかし、彼はフィドルを弾いていた、兄のシグヴァルドほどの素晴らしいフィドルの演奏を聴いたことがない、彼はフィドルが上手かった、そしてそれが彼について彼女が覚えているほぼ唯一のことだ、彼の父親もフィドル弾きだった、そう聞いている、彼の名前はアスレで、ビョルグヴィンで処刑されたそうだ、恐ろしい、当時は罪人を首吊り刑にしたのだ、昔はそんなことができたとは、そんな時代だったなんて、と彼女は考える、そして彼女の父オースレイクと再婚した母、そう、そういうことだった、そう聞いている、そして父、名前はオースレイク、そして彼らはヴィーケンと呼ばれていた、というのは、ヴィーカに土地と小さな家、それに納屋、船小屋、船着き場、船のすべてを所有していたから、これらすべてを彼は自身の働きで手に入れた、やり手の男だった、そしてアリーダが息子のシグヴァルド、つまりアスレとの間にできた息子を連れて、彼の家の使用人として雇われた、アスレは絞首刑になったフィドル弾き、そういうことだった、彼女はアスレが絞首刑になった後オースレイクの家に来た、まあとにかく人々はそんな風に噂している、しかし母親はそのことについて自分からはまったく話したことがなかった、アスレについて、本当は何が起こったか何も教えてくれなかった、とアーレスは考える、ただ幾度かほのめかしたに過ぎない、彼女もあえて聞きはしなかったが、母はヒントのようなことをほのめかしはした、そして彼女はまた固く口をつぐんで、そして去って行ってしまった、彼女が覚えているのは母が一度たりともアスレという名前を口にしたことがないということ、彼のことをアーレスに話したのは他の人たちで、彼らは何度も何度も繰り返し話した、まるで誰もが彼女の母親が一緒にいたのはどんな男かをどうしても彼女に教えたがっているようだった、彼女が聞いたことの何が真実で何が真実でなかったのか、当然ながらそれを知るのはとても難しい、というのも、ディルジャではアスレについての噂がいろいろと伝えられていて、彼はその父と同様にフィドル奏者で、彼女の母を力ずくで自分のものとし、彼女を妊娠させた、当時母はまだ幼い少女だったのにもかかわらず、そして彼は彼女の母親、つまりアーレスの祖母の命を奪い彼女を連れ去ったそうだ、でもこれが真実なのかどうか、いやそれは誰にもわからないが、そんなことはあり得ない、きっと人々が適当にでっち上げて話したものだろう、とアーレスは考える、そして人々はまた言う、彼は人殺しなのだと、噂話によるとだが、同じくらいの年頃の男の首を、船を盗むために絞め殺したと、それは彼の父親が住んでいたディルジャの船小屋でのことだが、それから、ビョルグヴィンでも、捕らえられて絞首刑になる前に彼はおそらく更に何人かを絞殺したそうだ、でもそんなことは真実ではあり得ない、彼女の母アリーダはこのような男と一緒に居られたわけがない、このような人でなしと、絶対にない、そんなことはあり得ない、彼女は母アリーダのことをよく知っていた、このような人殺しと一緒に居られたわけがない、アーレスは考える、そんな人間が存在するだろうか、そんな人殺しが、人々は言う、だから絞首台があるのも当然だと、そして今も絞首台は残すべきだ、少なくとも各集落に一つは、そうだ、アスレが何をして何をしなかったのかという噂の何が真実で何が真実でないのか、彼女にはわからなかった、しかし彼が人殺しであるはずがない、彼は彼女の一番上の兄、彼女の異父兄シグヴァルドの父ではないか、アーレスは考える、彼は彼女の祖母を殺すなんてことはできなかった、というのは、その日の朝彼女はベッドで死んでいるのが発見されたのであって、普通の自然死のような死に方だった、彼女は眠りにつき、静かに穏やかに、まったく普通の死を迎えたのかも知れない、そうだったに違いない、アーレスは考える、そして彼女はここにただじっと座ってばかりいられないと考える、いつでも何かしなければならないことがある、あれやこれやと、彼女は考える、彼女はキッチンの窓の方を見る、そしてそこにアリーダが立っているのを見る、部屋の真ん中で、窓の前で、まるで母のその肩に手を置けるのではないかと思うほど、はっきりと見える、そうしてみようか、アーレスは考える、いやいや、そんなことができるはずがない、ずっと昔に死んだ自分の母親の肩に手を置くことはできない、アーレスは考える、いや、私も馬鹿な年寄りになってしまったものだ、彼女は考える、頭のおかしな、まともな会話もできない年寄りに、しかし、年老いたアリーダは彼女と同じくらい頭がおかしく、同じくらい不機嫌さを湛《たた》えて、そこに佇んでいる、アーレスは考える、母に勇気を出して話しかけてみようか、彼女が何度も母に尋ねたかったことを、噂は本当なのか、母が海で入水自殺したのは真実かどうかを、彼女自身は信じてはいないが、そのように噂されており、そして母の体は浜で発見されたといわれている、しかし、ずっと前に亡くなった人間に話しかけることができるのか、いや、私はまだそれほど狂っていない、世間が私について何を考え、何を言おうとも、子供たちが自分についてどう思い、どう言うかあるいは言わないか、子供たちがお互いに、もしかすると赤の他人にも、母親のことを何と言っているのかよく知っている、母さんは一人暮らしをするにはもう年を取り過ぎているんだと、そう彼らは言う、しかし、私を自分の家に一緒に住まわせようと言う者は誰もいない、少なくともそうするつもりがあると言ってくれた者はいない、彼らは自分たちのことで手一杯なんだ、あら彼女はまだそこに立っているじゃないの、母アリーダは、と彼女は考える、子供たちはもちろんそうなんだ、自分たちのことで手一杯なんだ、その上母親にまで頭を悩まされなければならない道理はない、しかし一体どうしてアリーダは窓の前に立っているのだろう、うちのキッチンの窓の前に、彼女は考える、もし母がここのキッチンにいたいのであれば、私はすぐに居間に移らなくては、だって死んだ母親と同じ部屋にいることはできないから、とアーレスは考える、するとアリーダが振り返り、彼女をまっすぐ見た、アリーダは思う、彼女の小さな娘、彼女の素敵な小さな娘、彼女の愛しい、愛しい小さな赤ちゃんもすでに年を取ったと、彼女にとっても月日が飛ぶように流れたと考える、びっくりするほど速くに、と彼女は考える、しかし子供たちは、そう、アーレスにはもう自分の子供がいる、六人も、そして彼らは皆大人になり、立派になった、それぞれが、女の子も男の子も、そして娘のアーレスも良い人生を送っている、とアリーダは考え、そして瞼《まぶた》に浮かぶのは、小さなアーレスがヴィーカの居間のロフトの梯子《はしご》を上り、一番上の段で立ち止まり、そしてまっすぐに彼女に目を合わせ、おやすみなさい、ママと言い、アリーダもおやすみ、あなたもね、いい子ねと言う、世界で一番いい子、とアリーダは言う、そしてアーレスは梯子を上り、ロフトの暗闇の中に消える、隅の掛布団の下に。いま、アリーダはその場に立っている。そしてアリーダは居間を出て、扉の傍に立つと、オースレイクが下の船の傍に立っているのが見える、彼は大柄ではなく、力強くもないが、髪は太く、髭《ひげ》は濃く、髪にも髭にもところどころに少し白髪が交じっているが、髭はまだ黒々としている、ちょうど彼女の黒い髪のように、そうアリーダは考え、自分の船を眺めるオースレイクを、そこに立っている彼を見つめる、彼は何ごとかを考えているみたいだ、彼は彼女にいつでも良くしてくれたものだ、オースレイクという人は、と彼女は考える、オースレイクに会っていなければ、彼女と小さなシグヴァルドはどうなっていたことだろう、彼女たちがビョルグヴィンの波止場でぼろぼろに疲れ果て、悲惨な姿で掘っ立て小屋に背を預けて座っていた時、これ以上はないほど空腹でくたびれて、彼女はそこに座っていた、しかし、オースレイクが現れ、突然彼はそこに現れ、彼は立って彼女を見下ろしていた

やあ、アリーダじゃないか、とオースレイク

そしてアリーダは見上げる

私のことを覚えていないか、と彼

そしてアリーダはこの男は誰だったか思い出そうとする

オースレイクだよ、と彼

私はオースレイクだ、ヴィーカに住んでいる

ディルジャのヴィーカの、と彼女

そうだ、と彼
そして彼はしばらく黙ってそこにじっと立っていた
君とはそんなに付き合いがなかったね、私は君よりもずっと年上だし、でも君が小さな女の子だった時から君のことは覚えているんだ、と彼
私はもう大人で、君はまだ小さな女の子だった
覚えていないかい
はい、ええ、思い出しました、とアリーダ
もちろん彼女はオースレイクのことを覚えていた、しかし、単に近所の大人の男の一人としてしか覚えていない、それに彼がヴィーカに住んでいたことを覚えている、彼と彼の母親、しかし、それ以上のことは覚えていない、というのも彼は彼女よりもだいぶ年上で、恐らく二十五歳かそれくらい上だったからだ、いやもっと上かも知れない、だから彼女にとって彼は遥かに年上の大人の人と捉えていたのだ、そう彼女は考える
しかし、なぜこんなところに座っているのかね、とオースレイク
どこかに座らなければならないからです、とアリーダ
住むところはないのか、とオースレイク
いいえ、と彼女

野宿しているのか、と彼
家がない時はそうするしかないので、とアリーダ
君と君の赤ん坊が、と彼
ええ、私たちは他にしようがないのです、と彼女
それに君はとても痩せている、食べるものもないのか、と彼
はい、と彼女
今日はまだ何も食べていないんです
なんてこった、さあ立ちなさい、来なさい、私についておいで、と彼
そしてオースレイクは彼女の腕の下に手を入れて、彼女が立ち上がれるように支え、そしてアリーダは小さなシグヴァルドを腕に抱えて立つ、彼女の足元には彼女が持ち歩いている二つの荷物がある、オースレイクはそれが彼女のものかどうかを尋ねる、彼女はそうだと答える、そして彼はその荷物を持ち上げると、さあ来るんだと言い、彼らはビョルグヴィンのブリッゲン波止場に沿って歩く、彼つまりヴィーカのオースレイクと、小さなシグヴァルドを腕に抱えた彼女アリーダは一緒に波止場に沿って歩く、誰も何も言わない、それからオースレイクは路地に入る、アリーダも彼の後を歩く、彼女は彼の短い脚が大股で動いているのを見る、彼女は彼の黒いジャケットの裾が脚にかかっているのを見る、彼の黒い帽子が首まで垂れ下がってい

彼は立ち止まる、彼はそしてオースレイクが立ち止まる、彼は彼女を見てある路地に向かって頭を傾けると、彼はその路地に進み始める、アリーダは胸に小さなシグヴァルドを抱いて、その後ろに続き、赤ん坊はすやすやと眠っている、そしてオースレイクは扉を開け、彼女のために閉まらないように支えている、アリーダは中に入ると、下を見て、そして上を見る、たくさんのテーブルがある長細い部屋が目に入る、そして燻製《くんせい》肉とハムステーキの匂いが漂ってくる、あまりにも美味しそうな匂いに、彼女は突然足元がふらついているのを感じる、しかし、彼女は小さなシグヴァルドを強く抱きしめ、気を取り直す、そう、気を取り直し、彼女は気を引き締めて立つ、それにしても、彼女はこれほど素晴らしい食事の匂いを今までかいだことがない、アリーダは考える、彼オースレイクはなぜ自分をここに通したのか、彼女が食べ物の代金を持っているとでも思っているのか、私は硬貨一枚すら持っていないというのに、彼女は考える、そして彼女はそこに座って食事をしている人々を見る、彼女にとって燻製肉とハムステーキとエンドウ豆のこんなに魅力的な匂いは初めての経験だった、そしてまた、今までこんなに空腹を感じ、食欲を刺激されたことはなかった、彼女が覚えている限りでは、しかし彼女はそのためのお金を持っているのか、いや、何も、彼女は一枚の硬貨すらも持ち合わせていない、彼女の目に涙が溢れ、そして立ったまま泣き出してしまった、長くて黒い髪のアリーダ、小さなシグヴァルドを胸に抱いて

どうして泣くんだい、とオースレイク
彼女は答えない
いや、気にしないで、と彼
さあ、私たちも座ろう
そして彼は手を上げ、最も近くのテーブルの長椅子を指差す、アリーダはそこまで進み腰を掛ける、その上ここは暖かい、暖かくて気持ちがいいと感じる、そして、この燻製肉とハムのステーキとエンドウ豆のうっとりするような匂い、そう、茹でた豆のよい香りもする、彼女に買うだけのお金がいくらかでもあれば、買い、食べて、好きなだけ食べたのに、とアリーダは考える、そして彼女はオースレイクがカウンターの方に向かうのを見る、彼の背中を見る、黒く長いジャケット、うなじまで下げた黒い日除け帽、そして彼女はディルジャ時代の彼を思い出す、そうだった、記憶をたどれば、ほんの少しだが彼の記憶があった、彼は彼女よりずっと年上で、大人の男性、しかし、彼女は彼と数人の男たちが一緒に、手をポケットに入れて立っている姿を覚えている、それだ、私が覚えているのは、彼が他の男たちと立って話している、みんな同じような帽子をかぶり、ズボンのポケットに手を突っ込んでいる、みんなこんな風に、彼女は考える、そして彼女はオースレイクが振り返り、彼が燻製肉、ハムステーキ、エンドウ豆、ジャガイモ、ルタバガ（西洋カブ）、ポテトボール《ラスペバル》（細かくつぶしたジャガイモを団子状に丸めて茹でた料理）でいっぱいのお皿を二枚持って彼女の方に歩いて来るのが見えた、うわあ、ポテトボールまであるなんて、こんなことってあるかしら、彼女は考える、そう、彼女にいつかこんな日が訪れることを誰が想像し得ただろう、そして彼女はオースレイクの口元と大きな青い目がにっこりと笑うのを見る、彼のすべてが大きな微笑だ、それが彼のすべて、そして肉料理の放つ光と湯気、オースレイクがアリーダの前に片方の皿を置いた時、彼の顔のすべてがほころぶ、続けて彼はナイフとフォークを彼女の皿の傍らに置いて言う、さあ食べよう、私はとにかく腹が減っているんだ、君は本当にお腹がすいて死にそうな顔をしているよ、彼はもう一枚の皿をテーブルの反対側に置き、ナイフとフォークをその横に置く、そしてアリーダは小さなシグヴァルドを膝の上に座らせた

さあ肉とハムを味わおう、とオースレイク

きっと美味しいよ

それにポテトボールも

これは久しぶりに食べるんだ

この店では世界一旨い料理が出るんだよ

でも、何か飲まないといけないな

食べ物だけでは足りないからね

アリーダは待ちきれない、彼女は今とてもお腹が空いている、美味しそうな食事を目の当たりにしてただじっと見ているだけでは我慢できない、彼女は燻製肉を厚めに切り、口に運ぶ、ああ、なんて美味しいのかしら、まさに目の玉が飛び出る感じ、美味しすぎる、そしてポテトボールも一口食べてみなければとアリーダは考える、そこで大きく一切れ切って肉の脂に浸し、フォークでハムステーキも少し取ると、あわせて一緒に口に運ぶ、脂がひとすじ口から洩《も》れて顎を伝う、構うものか、そして彼女は深呼吸する、生まれてからこんなに美味しいものを食べたことがなかったから、絶対に生まれて初めてだ、そう考えながら嚙んでは味わう、燻製肉をもう一切れ大きく切ると、それを指で口に押し込み嚙む、そして息を吸い込み、また吐く、するとオースレイクが戻って来るのが見える、彼は彼女の前に泡立ったビールの入ったジョッキをひとつ置き、そして自分の皿の横にもうひとつジョッキを置く、それから彼は自分のジョッキを彼女の方に持ち上げ、乾杯と言う、アリーダは自分のジョッキを持ち上げようとするが、重くて、彼女はそれほど力がないので、持ち上げることが難しい、最後にどうにか持ち上げると、オースレイクの方にジョッキを掲げ、乾杯と言う、彼女はオースレイクがジョッキを口に運び、ぐっと飲むのを見る、そしてビールの泡が彼の髭につく、アリーダはジョッキを口に運び、そっとすする、正直なところ、彼女はビールを特に旨いものだと思ったことがなかった、むしろ酸っぱくて苦いと感じていた、しかしこのビールはどうだ、いやはや、甘さがあり軽くてまろやかで、純粋な甘味ではないか、彼女はそう考えると、ビールをもう一口味わいながら、なるほど、これは本当に美味しいビールだと考える、そしてオースレイクが椅子に腰掛けて燻製肉を大きく切り、その一切れを口に運び、食べているのを眺める
極上の味だ、とオースレイク
ここの店は旨い料理を作る方法をよく心得ているな
燻製も上手だし、肉の塩漬け加減もいい塩梅だ
君はどうだったかい
今まで食べた中で最高のものです、とアリーダ
そうだな、私にとってもそうなんじゃないかと思うよ、とオースレイク
ポテトボールも、これも良い出来だな
ええ、とアリーダ
ええ、今までで一番の味でした
そして彼女はオースレイクがポテトボールをまた大きく切り分けているのを見る、彼はそれを口に入れて、むしゃむしゃと嚙んで食べる、食べながら、これは絶品だ、これは間違いなく超一流のポテトボールだ、この店は最高のご馳走を提供しているとほめる、これ以上のポテトボールはあり得ない、他のどこでも食べることはできないと言う、アリーダはルタバガを一口

食べる、そう、皿にはルタバガものっていた、それにエンドウ豆も、どれも同様に名状しがたい素晴らしい味だ、今まで食べてきたものでこれほど美味なものはなかった、もしあるとしたら、クリスマスイブに母シリャの家で食べた羊のスペアリブ料理《ピンネショット》くらいかしら、とアリーダは考える、いや、違う、あれとて敵わない、この燻製肉、この柔らかいポテトボール、これらすべて彼女が今まで食べた中で最高のものに違いない、オースレイクは旨い旨いと言いながら、ポテトボールの小片を脂に浸しては、ハムステーキと一緒にもぐもぐと食べる

本当に腹いっぱいになった、と彼

ああ、本当に旨かった

そしてアリーダは食べるとため息をつき、最悪の空腹感は消えたと感じる、料理はとても美味しかった、もちろん初めの一口目の感激には及ばないが、しかしさて、彼女は支払うべきものがない、それなのに自分は、最高の料理を食べてしまった、このビョルグヴィンで一番の料理を、自分では払えないというのに、どうしてこんなことができたのかと考える、ああ、本当に私は何をしてしまったのだろう、それにしてもなんと美味しかったことか、いや、いや、どうするか考えないと、だめ、これ以上食べられない、だめよ、最悪の空腹は収まった、彼女はこの時までもう何日も食事をしていなかった、水を飲んでいただけ、それでこんな食事にありつくとは、信じられないことだ、とアリーダは考える、さて今、彼女はどうにかしてこの場か

ら抜け出さなければならない、それもできる限り穏便に、と彼女は考える、しかしどうすれば
そんなことができるのだろう、そしてオースレイクが彼女を見上げる
料理は口に合わなかったかね、と彼
彼は彼女の気持ちがわからず、少し困惑した大きく青い目で見る
いいえ、そんなことはありません、とアリーダ
でも、と彼女
どうした、と彼
アリーダは何も言わない
一体どうしたんだい、と彼
私、と彼女
うん、と彼
私、お支払いするお金がないのです、と彼女
その時オースレイクが手をさっと上げたので、持っていたナイフとフォークから肉の脂があ
たりに飛び散ったが、同時に喜びに満ちた青い目をアリーダに向けて見開いた
お金なら私が持っているよ、と彼
そして彼はテーブルに拳を叩きつける、皿がテーブルの上でぴょんと跳ね、ビールジョッキ

も少し跳んだ、周囲の人々の目が彼らに注がれる
私が持っているから、とオースレイク
そして満面の笑みを浮かべる
この男は金を持っている、本当だよ、と彼
当たり前だろう、そうでなきゃ一体どうして君を食事に誘おうと思うんだね
もし腹を減らして、飢え死にしそうな同郷人を見て、その人にご馳走しなかったら、それで済むと思うかね
どんな人間だと言われることだろう
だから、私が払う
そしてアリーダは感謝する、どうもありがとうございます、でもそれではあまりにも申し訳ないです、と彼女は言う
そしてオースレイクは大したことではないと言う、魚がたくさん売れたので、ポケットにはいっぱい金《かね》が入っている、食べたければ、燻製の肉でもハムステーキでも、ポテトボール、エンドウ豆やルタバガでも、何日でも何カ月でもこの店で食べたいだけ食べることができるとオースレイクは言い、ジョッキを口に運び、ごくりとビールを飲み、口の周りと髭をぬぐって、ふうと息を吐く、そして彼はアリーダを見て、一体なぜ彼女はそんなにひどい状況になってし

まったのかと尋ねる、彼女は別に、と言う、そして彼らは再び黙って食べ始める、アリーダもビールをすすり、オースレイクは自分の船をブリッゲン波止場に係留していて、明日北に向かって出航すると言う、彼はディルジャに向かうので、もし彼女が一緒に来たい、また故郷に帰りたいのであれば、同乗してもよい、あともし今夜の寝場所がなければ、彼の船室の長椅子で寝ることができる、船には彼女が横になれるような寝台と掛け布団があるから、使ってもよいと彼は言うと、アリーダは彼を見る、彼女は何をどう考えたらいいのか、何と答えたらいいのかわからない、彼女は今晩ここビョルグヴィンのどこで夜を過ごしたらいいのかもわからない、もしディルジャに戻るとしたら、自分はどこかで暮らすあてはあるのか、いや、ない、父アスラックはもういないし、母親のところにも行きたくないから、二度とブローテの実家に足を踏み入れるものか、彼女と、そして小さなシグヴァルドがどんなに落ちぶれようとも、決して、決して行くものか、とアリーダは考える、そして彼女はジョッキを持ち上げて、ビールをすする

いいぞ、このように塩気がきいた美味しい料理の後は、何かしっかり飲まなければならない、とオースレイク

そして彼はジョッキを飲み干し、さらにもう一杯持ってくると言い、君の分も取って来てもいいが、まだまだ残っているようだねと言う

でも、さっき言ったように、私の船で寝たいのであれば、そうすればいい、と彼

そして、彼らは黙ってそこに座っている

お母さんのことはお気の毒だったな、と彼

え、私の母のことですか、とアリーダ

ああ、そうだ、こんなに突然亡くなるとは、とオースレイク

そしてアリーダはたじろぐ、かすかだが、彼女はたじろぐ、母親が死んだ、それは知らなかった、が、彼女にとってはもうどうでもいいことだ、と考える、でもやはり悲しい、悲しみが彼女を満たし、目に涙が溢れる

彼女の葬儀に出たんだよ、私は、とオースレイク

そしてアリーダは手で顔を覆う、母が死んだ、今となってはそれはどうでもいいことだが、いや彼女はそんなふうに考えてはいけない、自分の母親が死んだというのに、あんな母でも母は母だ、なんてことだろう、アリーダは考える

どうしたんだ、とオースレイク

お母さんのことを考えているのか

はい、とアリーダ

そうだな、突然亡くなったのは残念だ、と彼

それほどのお年でもなかっただろう
それに、病弱でもなかった
訳がわからないな
そして彼らは長い間黙ってそこに座っている、アリーダは母親が死んだ今、ディルジャに戻ることができるのではと考えている、もう今はブローテに住むことができるかもしれない、もう母はいないのだから、だって私たちはどこか住む場所が必要なのだから、彼女は考える、彼女と小さなシグヴァルドはどこか住む場所を見つけなければならないのだから、そう彼女は考える
考えておいてくれ、とオースレイク
ディルジャに私と一緒に戻るかどうかということを
そしてアリーダはオースレイクが立ち上がるのを見る、彼はパッと立ち上がり、レジカウンターの方に向かってフロアーをまるでスキップするように歩きながら横切る、アリーダは彼女と小さなシグヴァルドは今晩どこか寝る場所を探さないとならないと考える、彼女は疲労困憊《こんぱい》している、椅子に座っているとすぐにでも寝入ることができるほど疲れ切っている、彼女は考える、もう母がいないから自分は故郷に帰ることができる、それにしてもあの母が死んでしまったとはショックだ、それはとても悲しいことだ、しかし自分は今とても疲れている、とても

疲れている、だって彼女はずっと歩き通しだったから、最初はストランダからビョルグヴィンまで、それからビョルグヴィンの街中を歩き回っていた、それにほとんど寝ていない、どれほどの距離を歩いたのか、彼女が最後に睡眠をとってからどれほど経つのか、もう覚えていない、彼女は歩き回り、アスレを捜した、しかしアスレはどこにも見つからなかった、彼なしに私はどうしてやっていくことができるのか、アリーダは考える、もしかしたら彼はディルジャに旅立った、そうかもしれない、いや、アスレはそんな人ではない、彼女にはそれがわかっている、アリーダは考える、彼はどこへ行ってしまったのだろう、彼は何かの用事を済ますためにビョルグヴィンに行く、と言っていた、彼が扉の傍に立っている姿を見た、その時彼女は彼に決してもう二度と会えないと感じていなかったのか、そう、彼女はそう感じていた、それは確かだ、彼女は思い出す、アスレが扉の傍に立っていた姿、彼女はもう二度と彼に会えないだろうと全身で感じていた、そして彼女はその時も彼に行かないでと頼んだ、彼女はそうした、なのに彼は行かなければならないと言い張った、彼に決してもう二度と会えないと全身で感じていたけれども、彼女の言葉は役に立たなかった、でも、それは、彼女がそう感じたことは、もしかするとただの予感だったかもしれない、それが彼女の何度も何度も考えたこと、しかしアスレは戻ってこなかった、何日も過ぎた、幾夜も過ぎた、アスレ、彼は戻ってこない、彼女はこの家にじっと座って待っていられなかった、食べるものもないし、何もない状態でいられない、そこで彼女は彼らが所有していた物すべてを二つの荷物に詰め、ビョルグヴィンに向かった、それは長い道のりだった、荷物と小さなシグヴァルドを両方とも抱えるのはとても重かった、食料はなく、水は大小の川の水を飲んだ、彼女は歩き続けた、ビョルグヴィンに着いてからは街の中を歩き回り、アスレを捜した、彼女は何度か人にも尋ねたが、人々はただ彼女を見て首を横に振り、ビョルグヴィンにはそんな風体の男がたくさんいる、彼女が一体誰のことを指して言っているのかなんて分かるわけがないというようなことを言った、彼らはそう答えるばかり、そして最後にアリーダはもう立っていられないと思うほど疲れ果てて、何度も何度も目を閉じそうになりながら、ビョルグヴィンの波止場にある掘っ立て小屋の壁に背をもたれて座っていた、そんなことがあってから、彼女は今この料理店で、世界で最も素晴らしい食事をした、そして彼女はとても、とても疲れている、アリーダは考える、ここは暖かく居心地がいい、彼女は考える、目を閉じて、ストランダの家の扉の傍に立っているアスレが長くはかからずに帰って来ると言っている姿を見る、ちょっとビョルグヴィンで用事を済ませてくるだけだ、だから用事が終わったら急いで彼女のところに戻るとアスレが言う、彼は行ってはいけない、彼女は全身で感じている、行ってはいけない、そうすれば彼女はもう二度と彼に会えなくなるから、そんなふうに感じるのだとアリーダが言う、アスレは今日がその日なんだと言う、今日はビョルグヴィンに行く日だ、できるだけ早く君のところに帰って来るからねとアスレが言う、それから彼女はオースレイクがさあビールジョッキがまたいっぱいになったぞと言うのを聞く、彼女は目を開け、オースレイクが彼のビールをテーブルに置くのを見る、彼は腰を下ろすと、アリーダをまっすぐ見つめる、そして彼は、そうだ、さっき話したように、他に行くところがなければ、彼の船で寝ればいい、もう言ったけどねと言う、アリーダは彼を見てうなずく、彼はジョッキを持ち上げると、乾杯しようと言う、アリーダはジョッキを持ち上げ、彼らはカチンとジョッキを合わせ、乾杯と言う、二人とも少し飲み、それから黙ってそこに座っている、二人は満腹でいい気分だ、それに上等な食事とビールの後の心地よいだるさと身体のほてりが相まってなおさらだ、オースレイクは言う、私は少し眠い、ちょっとひと眠りして来ようと思う、そうだ、幸い自分の船はこの波止場にあり、歩いてもそれほど遠くない、だから船に乗り、少し休もう、まあ午後の昼寝みたいなものだとオースレイクは言う、アリーダは自分はとても疲れていて、いま座っている椅子の上で寝そうになるかもしれないと言う、オースレイクは言う、では残りのビールを飲み干してから出て、休もうと言う、そしてアリーダはぜひそうしたいと答え、少しビールを飲む、彼女はオースレイクがごくごくと飲み、ジョッキを空にするのを見る、そして彼女のビールの残りも彼が飲めばいい、よろしければと申し出る、そこでオースレイクは彼女のジョッキも手に取ると、残りのビールを一気に飲み干し、立ち上がる、アリーダは小さなシグヴァルドを胸に抱く、そしてオースレイクは二つの荷物を持ち上げて、ドアに向かって歩き始める、アリーダは彼の後を歩く、彼女はとても疲れていて彼の後を付いて行くのがやっとで、ひたすらオースレイクの背中を目で追わなければと考える、瞼が落ち、彼女は椅子に座っているアスレを見る、ここは結婚式の宴だ、彼がフィドルを弾く、演奏が彼を舞い上げる、それが彼を舞い上げる、彼女を舞い上げる、そして彼らは演奏の間一緒に薄い空気のなかに舞い上がる、彼らがそれぞれの翼になっている一羽の鳥のように、そして、二人は一つになって青い空を飛ぶ、すべてが青い、明るい、青くて白い、アリーダは目を開け、彼女の前にいるオースレイクの背中を見る、彼女は彼の日除け帽がうなじまで垂れ下がっているのを見る、彼は波止場に向かって歩いている、アリーダは立ち止まる、すぐそこに、彼女の足のすぐ前に腕輪がひとつ落ちている、ああ、金色と青色がなんと美しい、こんな見事な腕輪は今まで見たことがない、最高に金色の金と最高に青い青真珠で飾られた腕輪、アリーダは考える、彼女はかがんでそれを拾い上げ見とれる、ああ、本当にきれいなこと、彼女は今までこんなに素敵なものを見たことがない、まばゆいばかりの金色と青の美しさ、彼女は考える、これがブリッゲンの波止場に転がっているとは、それもまさに彼女の足元に、その腕輪を目の前にかざしてみる、なぜここに腕輪などが落ちているのだろう、彼女は考える、誰かが失くしたんだ、でも今は、今は自分のものだ、これからずっとこの最高に金色の金と最高に青い青真珠で飾られた腕輪は私のもの、そして腕輪を空いているほうの手で持ち、信じられないことだと考える、誰かがこんな素敵な腕輪を失くすことがあるとは、そしてそれをほとんど気にも留めずにいられるとは、彼女は考える、しかし今、今これは彼女の腕輪だ、彼女は決して失くしはしない、アリーダは考える、彼女にはわかっている、これがアスレから彼女への贈り物であることがわかっているから、彼女は考える、しかしどうしてそんなふうに受け取る道理があるのか、そんなことをしてはいけない、私はビョルグヴィンのブリッゲンの波止場でひとつの腕輪を拾った、そしてこれはアスレからの贈り物だと考える、この腕輪はアスレから私への贈り物なんだ、私にはただそうとわかっているだけだ、彼女は考える、彼女は決して、決して、もう二度とアスレに会えないだろう、彼女は考える、彼女はそれもただ知っている、しかし、何故そうと知ることができるのかはわからない、彼女はただ知っているだけ、アリーダは考える、そしてオースレイクが波止場のずっと先にいるのが見える、彼女は彼が立ち止まるのを見る、彼はこっちの方を見ている、彼女は金と青の腕輪を腕に滑らせる、考えてもみて、私は今とても見事な腕輪を持っている、世界で最も素晴らしい腕輪を、そして彼女はオースレイクが立ち止まったのを見る、彼は指を差して言う、あそこの岬が見えるかい、ピンテンというのだが、あそこは罪人を縛り首にするところだ、そして少し前に、ほんの二、三日前に、ディルジャ出身の者がそこで処刑されたと彼は言う、もしかしてそれを、それを君はもう聞いたことがあるだろう、当然知っているだろうとオースレイクは言う、彼、そうアスレ、君は彼のことをよく知っていただろうから、アリーダは彼が何を話しているのか理解できない、そして彼はまだ指を差している、あそこの向こうのピンテン刑場で、彼、アスレは縛り首にされた、私はこの目でそれを見たのだ、私はちょうどその時にビョルグヴィンにいたものだから、とオースレイクが言う、いやもちろん、それは君もよく知っているだろうけどね、君もそこにいたのかも知れないねと彼は言う、彼は君の子供の父親ではないのか、そうなんだろう、とにかく、そうだと巷《ちまた》で噂されている、うんそうに違いない、君がビョルグヴィンを去らなければ、君も一緒に処刑されてしまうと彼は言う、だから、さあ私の船に乗って行こう、彼らが君を捕まえて、縛り首にする前にとオースレイクは言う、アリーダは彼の言うことが聞こえるが、内容が耳に入らない、彼女は何も理解できないほど疲れている、オースレイクは同郷の者が縛り首になり、首にロープをかけられて吊るされているのを見るのは恐ろしいことだと言う、しかし、もしアスレについて噂になっていることが真実であれば、彼は人の命を奪ったそうだ、少なくとも一人の命を、だからきっと処刑は正しかったんだとオースレイクは言う、そして君の母親には何が起こったのだろうか、突然彼女は死んだ、そしてそのあくる日に君とアスレが消えた、それはどういうことなのか、そしてあの若い男、父親の船小屋を取り戻そうとし、アスレに出ていくように求めた男、彼についてもそうだったのではないか、とにかくそうだったと言われている、なぜ彼が海で死体で発見されたのか、溺死したのか、どうしてそんなことが起きたのか、しかしこれらすべてについて誰も何も確かなことはわかっていない、しかしビョルグヴィンの老いた産婆の場合は違っていた、彼女の事件に疑いはなかった、彼女は殺された、首を絞められ、窒息させられた、その点には疑いがなかったそうだ、こんな仕業をしでかした者は、多くの人の前で首を吊るされて死ぬ以外に道はない、こんなふうにアスレは死んだと彼は言う、このような悪行を犯すとは、とオースレイクは言う、アリーダは彼が長いこと話しているのが聞こえるが、何を言っているのかわからない、彼女はアスレがブリッゲンの波止場に沿って彼女の前を歩いているのを見る、彼は二つの荷物を運んでいる、そして彼は言う、僕たちは今すぐビョルグヴィンから離れなければならない、とにかく去らなければならない、そうしたら腰を下ろし、ゆっくりと休める、美味しい食事を食べよう、美味しい食べ物をたくさん手に入れることができたからと言う、そして彼女はオースレイクの背中を見る、彼はブリッゲン波止場に沿って歩いている、そしてアリーダは金と青真珠の腕輪をしっかりと握る、広いこの世界で最も素晴らしい腕輪を、そして彼女はアスレが立ち止まり、彼女の方に振り向いた姿を見る、彼女が彼のところまで追い付くと、彼は言う、ビョルグヴィンを出るまではもっと速く歩かなければならない、それからはゆっくり歩いてもかまわない、ここを出てしまえばあとは時間を好きなように使える、その時にはたっぷり休憩を取ったり食べたりして穏やかな生活を送ることができるんだとアスレは言う、彼は再び歩き始める、アリーダはオースレイクが立ち止まるのを見る、彼は言う、これが私の船だよ、我ながらなかなか良い船だと思ってるんだ、アリーダは彼が船に乗るのを見る、彼は荷物をデッキに降ろし、そこに立ったまま、アリーダに手を差しのべる、彼女は腕輪を、この広い世界で一番素晴らしい腕輪、金色と青色がこんなにも映える腕輪を固く握りしめながら、小さなシグヴァルドを彼に手渡す、オースレイクがシグヴァルドを自分の腕に抱えると、抗議の叫び声が聞こえる、アリーダはオースレイクの差し出した手を取らずに、自分で手すりを跨《また》いで船に乗り込んだ、いま彼女は乗船し、無事にデッキに立つ、小さなシグヴァルドは力の限り泣き叫び続け、オースレイクは彼を彼女に渡す、彼女が子を抱きしめ、前後に揺すると、小さなシグヴァルドは泣かなくなり、彼女の胸元で再び規則正しく息をする

これが私の船だ、とオースレイク

魚を獲って、ビョルグヴィンに運んでくるのさ

なので今はたくさんのお金があるんだ

彼はズボンのポケットを叩く、アリーダの瞼が自然に閉じられると、船の後方に座り、オールを持っているアスレが見える、彼らの目が合い、彼女の目が彼の目であるかのよう、彼の目が彼女の目であるかのように感じられる、彼らの目は海のように大きく、空のように大きい、輝く空のもと、彼女と彼と船だけが唯一、輝きながら動いている

いや、今眠ってはいけない、とオースレイク

そしてアリーダは目を開ける、その輝く動きは消え、まったくの無になってしまった、アリーダは肩にオースレイクの手が回されているのを感じる、彼は語る、アスレのことはひどい話だ、もちろんそれは彼女のせいではなく、彼女とは何も関係ない、彼もそれぐらいは承知している、しかしそうは思わない人間もいるかも知れない、だから彼女がここビョルグヴィンにいたら、何か彼女も関わっていたのではないかと疑われる可能性もある、そんなことも考えられる、だから彼は彼女にビョルグヴィンに長居しないよう忠告する、しかしこの船室にいれば彼女は安全だ、とオースレイクは言う、そして彼は彼女をデッキの向こう側に連れて行き、用足しの樽《たる》は船室の後ろにドアがあるからその中だと言う、食べたり飲んだりした後だから、おそらくその場所を知っておいた方がよいだろうと、ついでに自分もちょっと用を足してくるからと言い、船室のドアを開け、ここは海の私の小さな家だと言う、自分で言うのもなんだが、悪くないだろう、オースレイクは中に入ると、灯りをつけ、アリーダは薄暗い中で長椅子とテーブルがあるのがどうにか見える、オースレイクは言う、アスレは彼女をなんと恐ろしいことに引きずり込んでしまったことか、本当に信じられない、しかし今彼はその罰を受けた、徹底的に、自分の命で償ったとオースレイクは言う、アリーダは長椅子とテーブルと、それに小さなストーブがあるのがどうにか見えるだけ、彼女は長椅子に座り、今は安心してぐっすり眠っている小さなシグヴァルドを隔壁のすぐ横に寝かし、金色と青の美しい腕輪をぎゅっと握る、世

界で最高の腕輪だとアリーダは思い、オースレイクがストーブに薪を入れるのを見る
もう少し暖かくしないといけないな、と彼
そしてオースレイクは削りくずと薪をストーブに入れる、火をつけるとすぐに燃え始め、彼は樽のところまで行ってくると告げると外に出る、アリーダは腕輪を目の前に掲げ考える、なんて素敵なんだろう、なんという金の輝き、なんという美しい青、なんて素敵なんだろう、きっと純金製に違いない、そしてこれらの青真珠は、彼女とアスレが空だった頃の空のよう、彼女とアスレが海だった頃の海のよう、神々しいばかりの金色、目の覚めるような青い石、アリーダは考える、腕輪はアスレからの贈り物だ、彼女は確信している、アリーダは考える、自分にはわかっている、誰よりも確信している、彼女は考える、そして腕輪を身につける、それは私が生きている限り、これからずっとそこにあり続けるであろう、そして彼女はまた腕輪を見る、ああ、本当に素敵、なんて素敵なのかしら、目に涙が溢れる、彼女はとても疲れ、疲れ果てている、アスレの声が聞こえる、さあもう寝るんだ、しっかりとゆっくりとお休み、君には休息が必要なんだと言う彼の声を、その腕輪は僕からの贈り物だよ、知っていてもらいたいんだ、僕から直接受け取ることはできなかったけれども、そうそれはできないことだったと彼は言う、だからその腕輪は彼から彼女への贈り物なのだと彼は言う、ビョルグヴィンにはもともと指輪を買いに行ったのだけれど、このとても見事な腕輪に出会ったんだ、そうしたらもうこ

れを買うしか他にできなかった、やっと君のもとに届いたね、落ちているのを君は拾ったが、だからそれは僕から、君への僕の贈り物なんだよとアスレは言う、そしてアリーダは寝台に横になり、身体を伸ばし、腕輪に触れる、すると彼女はアスレが彼女にその腕輪が気に入ったかどうか尋ねるのを聞く、彼女は答えて言う、素敵ね、今まで見たこともない一番きれいな腕輪で、この世にこんなに素晴らしい腕輪が存在するなんて信じられない、ありがとう、本当に心からありがとうと彼女は言う、あなたはとても優しい、私の素敵な人、アスレは答えて言う、これからは何もかもうまくいくよ、そして彼女は言う、もう横になったので眠るわね、寝る場所もできたし、しかもここは暖かいの、私も小さなシグヴァルドもみんなうまくいっているから、あなたは心配しなくていいのよ、すべてがうまくいっている、すべてがこの上なく順調だからとアリーダは言う、そしてアスレはさあもう寝ないとだよと言う、アリーダはではまた明日話しましょうと言うと、あたかも疲れた自分自身の体に沈んでいくかのように感じる、そして何も見えなくなる、真っ暗に、すべてが柔らかくて暗く、そして少し湿り気をはらんでいる、オースレイクが中に入ってきて、彼女の方を見る、毛布を手に取りその体に掛ける、そしてストーブにもう少し薪をいれ、寝台の端に腰を下ろし、隔壁に背中を預け、前を見て微笑んだ、そしてまた立ち上がってランプの芯を下げると、あたりは暗くなる、そして彼は服を着たままで床の上に横になる、静寂が訪れ、ただ船の側面を軽く叩く波の音だけが聞こえる、波の音、波が船に当たる軽い音、そして船のかすかに軋《きし》む音と、ほとんど燃え尽きそうな薪のパチパチという音だけ、そしてアリーダは身体に回されたアスレの腕を感じる、君は僕のただ一人の愛しい人、ずっと君だけだとアスレはささやき、彼女を引き寄せ、髪を撫でる、そしてアリーダは答える、あなたはずっと私の愛しい人よと、それから彼女は小さなシグヴァルドの安らかな呼吸を聞く、そしてアスレの穏やかな呼吸を聞く、彼の暖かさが彼女の中に伝わる、そして彼女と彼は同じリズムで呼吸する、すべてが穏やかだ、それから穏やかな動きがある、彼女とアスレは同じ穏やかな動きをする、すべてが静寂に包まれ、すべてが青い、信じられないほど、アリーダはふと目覚め、上を見る、私はどこにいるんだろうか、上下に激しく揺れている、これはいったい何、ここはどこ、彼女は考える、寝台に起き上がると、彼女は船に乗っている、そして彼らは海にいる、そうだ、彼女は昨日オースレイクと一緒に船に乗った、だって彼女と小さなシグヴァルドはどこか寝る場所を見つけなければならなかったのだから、彼女はここで眠り、さっき目が覚めた、小さなシグヴァルドはそこの長椅子の上で横になって寝ている、アスレを捜しにビョルグヴィンまで歩いてきたけれど、彼は見つからなかった、なのであそこで腰を下ろしたのだ、それで今ここはどこ、アリーダは考える、私はどこに行こうとしているのだろう、そう考えながら腕輪を見る、ああ、本当に素敵、そして、そうだ、今彼女は思い出した、そうだった、私はそこの波止場で腕輪を拾ったのだった、なんて見事なんだろう、なんと素敵な金色なんだろう、なんと素敵な青色なんだろう、これはアスレからの贈り物なんだ、彼女は考える、でもそんなはずはない、誰かが失くした腕輪に違いない、でも美しい、そう、美しい、そしてそれは今彼女のものだ、それからあの人、オースレイクは彼女の母親は死んだと言った、そしてアスレは死んだと、彼は縛り首にされたと、そう、そう言ってた、彼女は今オースレイクの船に乗っている、彼らはディルジャに向かっている、彼女は考える、なぜなら彼女はビョルグヴィンに留まるわけにいかなかったから、家もお金もなかったから、そうしたらオースレイクが彼と一緒にディルジャまで乗せてくれると言ってくれた、そして船はディルジャに向かって進んでいる、アリーダは考える、どうせ彼女はビョルグヴィンでアスレを見つけられなかったのだから、それはそれでいいのかも知れない、彼女はどこかで生きていかなければならない、小さなシグヴァルドはどこかで生きていかなければならない、どこにも居場所がないというわけにはいかないじゃないか、母親が死んだ今、私は実家に戻って住むことができるかもしれない、アリーダは考える、衝撃だった、アスレが死んだなんて、彼が縛り首にされたこと、ピンテン刑場で処刑されたなんて、いや、いやアスレは生きている、彼は生きているはず、彼は生きている、もちろんアスレは生きている、それ以外あり得ない、そう彼女は考えると身体を伸ばし、小さなシグヴァルドが傍で安らかにぐっすりと眠っているのを認め、扉を開けて外に出ると、新鮮な風が彼女の顔を撫で、彼女の髪を吹き上げる、潮の香りがする、彼女が振り返ると、舵柄《かじづか》のところにオースレイクという名前の男が立ち、こんにちは、こんにちはと大声でこちらに向かって呼びかけている、日が昇ってずいぶんになるから、おはようとは言えないだろうとオースレイクは呼びかける、アリーダはあたりを見回す、そこには海原が広がり、片側には陸地がある、小島や岩礁がある、何も生えていないむき出しの岩が見える
ずいぶんと進んだ、いい風だ、とオースレイク
ビョルグヴィンからずっといい追い風が吹いているんだ
ディルジャに近づいている
すると強力な突風が大きな音で帆を摑んだ
聞こえるだろう、彼は言う
いい風だ
だから、遠からずディルジャに到着するだろう
もうすぐディルジャに着くんですね、とアリーダ
そうだ、とオースレイク
でも私はあそこで何をしたらいいのかしら、と彼女
考えたんだがね、と彼
なんですか、と彼女

君は自分で来ることを選んだ、とオースレイク
そうです、とアリーダ
私はね、君はディルジャに一緒に戻るのが一番いいと思ったんだよ、だいたいビョルグヴィンの一体どこで君と赤ん坊が生活していけるというんだ
アリーダは船尾に向かってデッキを歩く、揺れる船の上でバランスを取りながら歩き、オースレイクの隣で止まる
でもディルジャにも居場所がないんです、と彼女
お姉さんがいるだろ、と彼
でも姉のところには行きたくないので、とアリーダは言う
行けばいいじゃないか、と彼
そして、彼らは黙ってじっと立っている、帆と髪に風を受ける、時々船首を越えてデッキに水しぶきが飛ぶ
もうディルジャには何も頼れるものがないんです、とアリーダ
そうか、そうなのか、とオースレイク
どこか他のところに上陸させてもらえませんか、と彼女
しかし、何をするか、あてがあるのかね、と彼

ディルジャでも何もあてはありません、と彼女
そして彼らは再び何も言わずにそこに立っている
そうだな、とオースレイク
そして、彼は何も言わない、アリーダも何も言わない
ええと実は、私の母は死んでしまってね、私のために家事をしてくれる人がいてくれたらいいと思っているんだ、とオースレイクは続けて言う
アリーダは黙して答えず立っている
君はどう思うかな、と彼
私はアスレを捜したいんです、と彼女
いやしかし、彼は、ねえ、彼に何が起こったか、君にもう話しただろう、とオースレイク
アリーダは彼の言うことが聞こえる、でもそれは彼女の耳に入ってこない、なぜならアスレはまだ生きているに違いないから、それ以外のことはあってはいけない、あり得ない
私は君に昨日、彼に何が起きたのか話しただろう、とオースレイク
そんなことはあり得ない、それは彼が言っているだけに過ぎない、それは真実じゃない、と
アリーダは考える
あれが彼の身に起きたことなんだ、とオースレイク

私もこの目で見たんだよ
そして彼らは黙って立ち続ける
彼が縛り首になったのを見たんだ、そして吊るされている姿を見たんだ

アリーダは、彼女とアスレがまだ恋人同士だと考えている、彼らは一緒にいる、彼と彼女、彼女と彼、彼女は彼の中に、彼は彼女の中に、アリーダは考える、そして彼女は海のかなたを望む、彼女は空にアスレを見る、空がアスレであるのを見る、彼女は風を感じ、風はアスレ、彼はそこにいる、彼は風、彼はいなくなっても、それでも彼はそこにいる、そして彼女はアスレの声を聞く、ここにいるよ、すると彼がそこにいるのが見える、海を見てごらん、そうしたら僕が海の上に広がる空だとわかるだろうと彼は言う、アリーダが見ると、確かにアスレがいる、しかしアスレだけではなく、自分自身も一緒にその空にいる、アスレは続けて言う、彼は彼女の中、小さなシグヴァルドの中にもいるのだと、アリーダはそうね、あなたはこれからもずっとここにいるのねと言い、アスレは今は彼女の中で、小さなシグヴァルドの中でだけ生きているのだ、この世のアスレは自分なのだとアリーダは考える、そして聞く、僕はそこにいる、君と一緒にいる、いつでも僕は君と一緒だ、だから心配しないで、僕が君たちを守るからとアスレが言うのを、そしてアリーダは海のかなたを、その空を見やる、彼女はそこに彼の顔を見る、見えない太陽のように彼女は彼の顔を見る、彼女はまた彼の手を見る、彼女は背伸びをし、

太陽に手を振る、アスレはもうこれ以上心配は無用だと言う、君はこれから自分自身のこと、小さなシグヴァルドのことをしっかりと大切にしなければならないと言う、君が自分と、そして小さなシグヴァルドを大切にすることが一番だと言う、そしてそんなに遠くないうちに、僕たちはまた会えるとアスレが言う、そしてアリーダはすぐ傍らに彼の身体を感じ、彼の手が彼女の髪を撫でるのを感じる、そして彼女は彼の手を撫でる

で、どうする、とオースレイク

そこでアリーダはアスレに彼はどう思うかと尋ね、彼は彼女がオースレイクと一緒にいるのが一番だと言う、なぜなら彼女はどこかで生活をしなければならない、彼女にとっても、小さなシグヴァルドにとってもそれが一番だと言う

あなたのために家事を、とアリーダ

そうだ、とオースレイク

もちろん君と赤ん坊には食事と家を用意する

はい、とアリーダ

そして、給金だが、他の使用人以上に出すつもりだ、それも君に約束しよう、と彼

そしてアリーダはアスレの声を聞く、きっとそれが一番だ、僕は君と一緒にいるから、心配しなくていい、ではまた後で話そうと言い、アリーダはそうしましょうと答える

で、どうだね、とオースレイク
アリーダは答えない
私はヴィーカに住んでいると言っただろう、と彼
そこには家と船小屋と納屋がある
桟橋のついた安全で良い港もある
それに数頭の羊と一頭の牛がいる
母が死んでから、今は一人でそこに住んでいるんだ
どうだね、とオースレイク
肉も魚も食べられるよ
ポテトもつけよう
そしてアリーダはこれ以外に生きていく道は自分にあるのかと考える、やはりオースレイク
に雇ってもらうのが一番いいのではないかと
確かに、他に住むところもないですし、とアリーダ
では、君は承諾してくれるということだな、とオースレイク
ええ、そうするかもしれません、と彼女
あなたのお話をお受けするのが一番いいのでしょうね、きっと

そう思うよ、とオースレイク
そう、私はそう思う
私なんかに他に何もできることはないし、と彼女
大丈夫だよ、とオースレイク
私は家に女手が必要だ、そして君と子供には住む場所が必要だ
さあ、もう到着までそう長くはかからないよ
ヴィーカは、いいところだ、君もきっとそう思うようになるさ
そしてアリーダは手洗いに行かなければならないと言う、オースレイクはそっちだ、そこの扉の後ろと言い、指を差す、個室に樽があるからね、そしてアリーダは扉を開けて中に入り、鍵をかけて座る、座りながら考える、こんなふうに座って用を足せるのはいいことだ、少なくとも外でする必要がないのは良い、いま何が起きているのか、もうほとんど理解できなくなってしまった、続けて考える、オースレイクのところで家政婦になるのは、別に他のところでなるのと変わらない、彼はきっと他の人より悪いってわけじゃない、もしかしたら彼は誰よりもいい人かもしれない、そんな感じがする、だってブローテの姉の家、あそこにはとにかく行きたくないから、どうして私はそんな考えに至るのか、だって本当にそう思うのだから、そうでしょう、姉のもとに行き、彼女のところに住まわせてほしいと頼むと考えると、それならオー

スレイクのもとで家政婦になる方が遥かにましだわ、ずっとずっとまし、とアリーダは考える、ではオースレイクの家で家政婦になろう、だって他のどこに行くあてがあるというのか、アスレを失くした今、それでもアスレは彼女といる、ああもう何だかわからない、アリーダは考える、そしてオースレイクが歌い始めたのが聞こえてきた、俺は生涯船乗りだ、と彼は歌う、船は俺の宝、星空のもと船を出す、空は近いぞ、あの娘《こ》は俺の恋人、海は俺の夢、星空のもと、お月さんと繭まで船は進む、と彼は歌う、彼の歌声はあまり大したものではない、とアリーダは思う、しかし声からは彼が嬉しげで楽しそうなことが聴き取れる、彼が歌うのを聴いているのは心地よい、何て言ったのだろう、マユ、お月さんとマユ、彼はそう言った、どんな意味なんだろう、彼女は用を済ませたが、まだ樽の上に座っている、マユ、それって何のことだろう、彼女は考える、そしてオースレイクがそこで眠ってしまったのかいと大声で呼んでいるのを聞く、彼女がいいえと答えると、彼はなら良かったと言い、それから彼は彼女に心を決めたのか、つまり、彼女が彼のもとで家政婦になるのか決めたのかと尋ねる、彼女は答えない、彼女はまもなく決心しなければならないと彼は言う、もうそこの岬の先にストーレヴァルデンが見えるから、ヴィーカに着くまでの航海は残りわずかだと彼は言う、アリーダは立ち上がる、彼女はアスレがオースレイクの家政婦になるのが一番だと言うのを聞き、アリーダはきっとそうね、他のどこに生きるあてがあるのかと答える、アスレはまた後で話そうと言う、彼女はオースレイクと一緒に行くことにすると言う、それが一番だと彼が言う、そして彼女はドアの鍵のフックを持ち上げ、すがすがしい風の吹く外のデッキに出る、背後のドアを閉め、外側のフックをかける、バランスを取りながらしっかりとした姿勢でそこに立ち、長い黒髪を風になびかせる、オースレイクはまっすぐ彼女を見て、どうするのか訊いた

はい、とアリーダ

どういう意味だ、とオースレイク

はい、あなたのもとで働きます、と彼女

私のところの家政婦になってくれるんだな、と彼

はい、とアリーダ

そしてオースレイクは手を上げる、ほら見てごらん、あそこを見てごらん、あれがストーレヴァルデン灯台だよ、岬の先さ、アリーダは長い岬の小高い丘の上に、岩を積み重ねて造られた広くて高い灯台を見る、オースレイクは言う、ストーレヴァルデンを見るたびにいつも喜びが溢れるのだと、なぜなら、それはもうほぼ故郷に帰ってきたのと同じだから、さあ今から岬を回り、それから海岸に沿って少し奥の方に向かって進むと、ヴィーカに到着だと言う、そしてそこからまた少し行くと、彼女が住むことになる家が見える、船小屋と船着き場と丘と畑と素晴らしい土地が見えるよと彼は言う、そして彼は続けて、いませっかく船に二人乗っている

のだから、私が帆を下ろしている間に、君が少し船の操縦を手伝ってくれると助かるんだが、そうすれば、上手く船を係留することができるんだと言う、アリーダはやってみましょうと答える、ですが、私は今まで船を操縦したことがないのです、オースレイクは彼女に、来なさい、そうすれば私が教えてあげるからと言う、そしてアリーダはオースレイクの隣に立つ、彼が舵を取りなさいと言うと、アリーダは舵を手に取る、するとまた彼は言う、少し取舵《とりかじ》にしてごらん、彼女がいぶかり彼の顔を仰ぐと、彼は取舵とは左の方向という意味だと教える、アリーダは舵を左に回す、オースレイクはまた、進路を変えるのであれば、もっと強く回さなければだめだよと言う、アリーダは言われた通りにする、すると船は滑るように幾分外海の方に進む、オースレイクは今度は面舵《おもかじ》、つまり右に、と言う、彼女はそうする、すると船は再び陸の方に舳先《へさき》を戻した、オースレイクは次に舵を正せと言う、アリーダはそれがどういう意味なのか尋ねる、オースレイクはまっすぐに進むってことだと言う、灯台のある岬の外側十メートルを目指せばいい、アリーダはその場所に向かって船を操縦すればよいと理解し、舵を再び少し切り、船は着実に前方に進む、オースレイクはうんなかなか上手に操縦できていると言い、船が岬を回ったら、そのあとは彼女に舵取りをやってもらおうと言う、そうして私は帆のほうを引き受ける、帆を下げるから、君は私の言う通りにやってくれ、もし私が取舵に少しと言ったら、舵を回してもらいたいが、それほど多く回してはだめだ、が、もし私が取舵いっぱいと言えば、今度は強く舵を切らなければならない、と彼は言う、アリーダはそうします、できるだけあなたの言う通りにやってみますと言うと、オースレイクが来て舵取りを引き継ぐ、彼は彼女の腕輪を見る

おや、ずいぶんきれいな腕輪をしているね、と彼

君がそんな見事な腕輪を持っているとは

アリーダは腕輪を見る、そう言えば彼女は完全に腕輪のことを忘れていた、まあ、どうしてそんなことができたのかしら、あなたはとても素敵、こんな素敵なものは今まで見たことがないのに、と彼女は考える

ええ、とアリーダ

彼らはそこに何も言わずに立っている

妙なことだ、と彼

何が、とアリーダ

昨日君があそこに座っているのを見る前に、そう、その時私にその辺で腕輪を見なかったかどうかを訊いてきた女がいたんだ、と彼

なにしろ、ビョルグヴィンではあらゆるタイプの人間に出会うからな、と彼

そうですね、とアリーダ

ああ、まあつまり、そういう種類の女だった、とオースレイク
君に会う直前のことだった、波止場のもう少し先で
ええと、君はそういう女が何を望んでいたのかわかるだろう
しかし、私は、ああ、つまりだな
君はわかるだろう
ええ、と彼女
その女は単に私に話しかける取っ掛かりとして、そんな腕輪を知らないかどうか訊いてきたんだと思っていた、と彼
そして私が呼びかけに答えたら、ええとうん、そうしたら、彼女は腕輪を失くした、とても上等な、最高に金色の金と最高に青い青真珠でできた腕輪を、と言うんだよ
そして、私がそんなものを見たかどうか訊くんだ
それはきっといま君が身に着けている腕輪に似たようなものなんだろうな
そうですかね、とアリーダ
そうだろうね、と彼
そしてアリーダは、違う、この腕輪であるはずがないと考える、この腕輪はアスレが彼女に贈ったものなのだから、このオースレイクという人は、自分が言いたいことを好きなように言

えばいい、しかし、この腕輪はアスレから彼女への贈り物だ、アスレが彼女にそう言ったのだから、とアリーダは考える、そして、この腕輪は僕から君への贈り物だとアスレが言うのを彼女は聞く、そしてさらにアスレは告げる、オースレイクの言うその女が彼からそれを盗んだのだ、その後、彼女はそれを落とした、そして、アリーダがそれを拾った、こういうことだ、そうに違いない、そうであって欲しいとアスレは言う、アリーダは私もわかってる、そうに違いないわねと答える、いまその腕輪は彼女の腕にしっかりとつけられている、絶対に大切にするわと彼女は言う、私は決して失くすようなことはしない、そしてこんなに素敵な腕輪をくれた彼にいくら感謝をしても、し過ぎることはないとアリーダが言う

ほら、あそこにヴィーカが見える、とオースレイク

アリーダは船着き場と船小屋、そして小さな母屋と小さな納屋を見る、一番上に母屋があり、ちょっと下の少し横の方に納屋がある

これがヴィーカだよ、とオースレイク

私の王国さ

なかなかいいところだろう

ここは地球上で一番良いところだと思う

ここの建物を見るたびに私は嬉しくて胸いっぱいになる

ああ、やっと我が家に戻ってきた
大して立派なものとは言えないが、私の故郷なんだ
私はここヴィーカで生まれ育った、そしてここで死ぬだろう
最初にここに来たのは私の祖父だった
じいさんが開墾し、じいさんが建てた
じいさんは西の海のとある島からやって来たんだ
そして、この土地を買うことができた
そしてここに根を下ろした
彼の名前はオースレイク、まさに私と同じ
そして結婚した、ディルジャの女と
そして多くの子供が生まれ、その一人、長男が私の父さ
父もまたディルジャの女と結婚し、私が生まれた、そして私の三人の妹、みんなもう結婚し、
みんな西の海の島で暮らしている、とオースレイク
彼は続けて話す、彼は母親とヴィーカで何年も二人きりで暮らしていたが、去年の冬に母親が亡くなり、彼は一人ぼっちになった、その時初めて彼の母親がどれだけ多くのことをしていてくれたか、そして彼女なしに、その粉骨砕身の努力なしにやっていくことがどれだけ難しい

かをようやく知ったと、誰かがいなくなり初めて、人は自分には何が与えられていたのかを知ると彼は言う、そう、母親は彼の人生の中でずっと彼に尽くしてくれた、しかし彼女は年を重ね、病気になり、そしてついにこの世を去ったと彼は言う
　ということなんだ
　うん
　そして彼らは沈黙して立っている
　誰かの助けが必要だ、と彼
　本当に、そうだ
　そして彼は自分の家で家政婦になることを承諾してくれたアリーダに感謝すると言う、彼女には心から感謝すると彼は言う、しかし、今、まさに今、彼女は舵を切らなければならない、今は帆を下ろさなければならないタイミングになり、アリーダは舵を引き継ぐ、彼女は見る、オースレイクがロープを一本、また次の一本と猛スピードで緩めるのを、そして彼がロープを引くと、帆がバタバタとはためく
　少し取舵だ、とオースレイクが叫ぶ
　彼はボートの反対側に移り、ロープを引っ張ると、帆はさらに大きくはためいてから下に落ちてきて、いまは帆の一部が甲板に横たわっている状態になっている

もっと取舵に切ってくれ、とオースレイクが叫ぶ
そして帆がまっすぐに垂れ下がると、オースレイクはまた一気に船の反対側に跳び移って、ロープと垂れた帆を引っ張り、ちくしょう、なんてことだ、引っかかってやがると叫ぶ、そして裂いたり引っ張ったり、悪態をついたり叫んだりしていると、帆は緩み、やっと帆全体が甲板に下りた
もう少し取舵で、あの船着き場に、見えるだろう、あれに向かって、と彼
そして、彼は二本目の帆の側に移動して、結び目を緩め、引っ張り、端から端にジャンプし、帆を下げる、これでもう帆はほとんど下りたも同然になる
もっと取舵だ、彼は叫ぶ
もっともっと、彼は叫ぶ
そしてアリーダは彼の声に怒りが混じっているような気がし、そして彼は甲板を走ってやってくる
なにやってるんだ、進路をまっすぐ前にしろ、と彼は叫ぶ
そして彼は舵を握り進路をまっすぐ前に切り替える
このままにしておけ、彼は叫ぶ
それからまた甲板に駆け戻り、帆を完全に下ろしてきた

少し取舵だ、いっぱいじゃなく、少し、と彼は叫ぶ
船は船着き場に向かって進む
少し面舵、と彼は叫ぶ
船はどうにか正しい方向で船着き場に沿って進む、オースレイクはロープを持って船首に立つと、輪の部分を船着き場の杭《くい》に投げ、ロープを締めて船を固定する、そしてまた別のロープを手に取り、船の端に上ると、そこから船着き場の突端までだいぶ距離があるが、一足跳びにジャンプし、別の杭にロープを固定する、そして陸に船を引っ張るとまた船に戻ってくる
君は上手だった、いい子だ、うまくできたね、と彼
凪も理想的だったし、君は手際よくやってのけた
私一人ではこんなにうまく行かなかった
そしてアリーダはもし一人の場合はどうやって船を岸につけたのかと尋ねる
岸に、岸につけるには、と彼
それには曳航《えいこう》してもらわなければならない
船着き場まで漕《こ》がなければならない
どうして、とアリーダ
小船で本船を曳船するんだ、小船を漕いで引っ張るのさ、とオースレイク

その時、彼女は小さなシグヴァルドが大声で泣いているのに気付いた、もしかしたらずっと前から泣いていたのか、ただ聞こえなかっただけなのかも知れない、帆やらロープやら、あれやこれやの音、そしてオースレイクの大きな叫び声がおそらく赤ん坊の泣き声をかき消してしまったのだろう、とアリーダは考え船室に入る、小さなシグヴァルドはそこの寝台に寝かされているが、首を左右に振りながら泣きわめいている

ママはここよ、泣かないで、とアリーダ

私のいい子ちゃん

いい子、いい子ね

そして彼女は小さなシグヴァルドを抱き上げ、胸に抱えて言う、アスレ、私の声が聞こえるかしら、アスレ、私が聞こえる、そして彼女はアスレが聞こえるよ、と答えるのを聞き、彼はいつも彼女と一緒にいると言う、アリーダは座って片方の乳房を出し、小さなシグヴァルドにおっぱいを与える、赤ん坊は夢中でごくごく飲む、お腹がすいていたんだねとアスレが言うのが聞こえる、これでシグヴァルドも満足だね、そしてアリーダは、そうね、これで私も満足よと言う、でもあなたがここにいて欲しかった、アスレは答えて言う、僕はここにいる、いつも君と一緒にいるし、これからもずっと一緒にいると言う、そしてアリーダは入り口に立っているオースレイクに気付く

赤ん坊はお腹がすいていたんだな、と彼
はい、とアリーダ
そうだろうね、と彼
私は荷物を家に運び始めるよ
ビョルグヴィンでたくさん買い物をしたんだ
塩に砂糖にラスク
それにコーヒーやらなんやら、いちいち言うほどのないもの
そしてアリーダにはまたアスレの声が聞こえる、僕がこんなことになってしまった以上、君がヴィーカで家政婦になるのはたぶん最善の策だ、そうすれば君も小さなシグヴァルドも食べ物と住居の両方を手に入れることができる、アリーダは、あなたがそう言うならきっとその通りよ、と答える、小さなシグヴァルドはお乳を飲むのをやめ、静かに横になっている、そしてアリーダは立ち上がり、デッキに出る、オースレイクが両肩に箱を担いで家に向かって急な丘を登っているのが見える、デッキにはまだ多くのこのような箱と、袋がいくつか残っている、彼女はここヴィーカ、ディルジャのヴィーカが彼女のこれからの住処なのだと考える、彼女と小さなシグヴァルドはこれからヴィーカに住む、どれくらいなのかは誰にもわからないが、たぶん少なくとも自分は死ぬまでここヴィーカで過ごすことになるかも、いやきっとそうなるだ

ろう、私が残りの命の日々を過ごすのはここヴィーカだと。それでいいじゃないの、彼女は思う。ここでだって充分生きて行けるわ、そう思う。アリーダは手すりを跨いで船着き場に降り立つと、家に向かう道があるのが見え、オースレイクが家の扉を開け、中に入っていくのも見えた、アリーダがその道を歩き始めると、オースレイクが出て来て言う、自分の家にまた帰れて嬉しい、母屋にも戻れてよかった、小さいがいいところだと言う、それから彼は道を下ってきて、船から家まで運ぶものがたくさんある、ビョルグヴィンに行くたびにいつも長持ちするように買いだめしているから、と言う、アリーダは母屋へと向かう、中に入ると、隅にストーブが見える、椅子が数脚とテーブル、壁際に長椅子、そして梯子がかかったロフトがある、さらにドアがあって、おそらくキッチンに通じているらしい、そう見て取ると彼女は長椅子まで進み、小さなシグヴァルドをそこに寝かせる、赤ん坊は今もぐっすり眠っている、彼女が窓辺に寄ると、オースレイクが肩に袋をかけて坂道を上って来るのが見える、そして彼女はアスレに何か言うことはないかと問う、彼は何もかもが最高だと答える、アリーダはとてつもない疲労感に襲われながら、長椅子まで歩く、小さなシグヴァルドが壁に顔を向けて寝ているのを見る、そして彼女はとても疲れている、ひどく疲れた、あまりにも疲れている、なぜ私はこれほどまで疲れているのか、それはきっとこれまでのあれこれすべて、彼女は考える、ビョルグヴィンまで遠出し、ビョルグヴィンの街中を歩き回り、それからここまで船で移動してきた、すべて、これらすべて、それにアスレ、彼を失ったこと、それにもかかわらず彼をすぐ近くに感じられること、そんなこと全部、そう考えると、彼女は長椅子に横になり、目を閉じる、彼女はとても、とても疲れている、その時彼女は目の前の道を行くアスレが立ち止まるのを見る、彼女はとても、とても疲れていて、眠りに落ちそうになっている、アスレはそこに立っている、彼らは長い間歩いていた、最後に人家を目にしてから数時間は経っているに違いない、そして今、アスレは立ち止まっている

家がある、あそこに行こう、と彼

もう休まないといけない

ええ、そうね、とても疲れていて、すごくお腹が空いたわ、とアリーダ

ここで待っていて、と彼

そしてアスレは荷物を置いてその家に近寄ってゆく、アリーダは彼が玄関前に立ち、扉を叩くのを見る、反応を待っている、そして彼は再び扉を叩く

誰も出てこないわね、とアリーダ

誰の家でもないようだ、とアスレ

彼は扉を開けてみようとするが、鍵がかかっている、アリーダはアスレが後ろに下がり、走って扉に肩でぶつかるのを見る、扉に裂け目が入り、軋み、少し開くようになった、そしてア

リーダはアスレが近くに生えている木のところに歩いていくのを見る、彼はナイフを取り出して枝を切り落とし、その枝を扉の隙間に突っ込む、枝が折れ、ドアがもう少し開く、それからまた走って扉にぶつかる、扉が完全に開き、アスレは家の中に倒れこむ、そしてアリーダは戸口に立っている彼を見る

さあ、おいで、すぐに入るんだ、と彼

アリーダはとてもとても疲れている、しかし他人《ひと》様の家を乗っ取ることはよくないと思い、アスレが家の中に入って行くのを、ただそこに立って見ている、アスレがまた外に出て来る

ここには誰も住んでいない、ずいぶん前から誰もいないようだ、と彼

中に入っても問題ないよ

さあ

そこでアリーダは家に向かって進み始める

僕たちは運がいい、とアスレ

アリーダがふと目覚め、瞼を開くと、彼女が横になっている母屋の中はすでに完全な闇に近く、部屋の真ん中で暗い影のように立っているオースレイクが見えた、彼が服を脱いでいるのを見て、彼女はまた瞼を閉じる、オースレイクが床を歩いて近づいて来る音を聞く、彼は彼女を毛布で覆い、横になってその毛布の下に入り、彼女の身体に腕を回し、強く抱きしめる、ア

リーダはこうなるしかないだろうと考える、そう、これが当然の成り行きでしょう、そして彼女はいま自分を抱きしめているのはアスレだと考えるようにする、そして彼女はそれ以上考えるのはやめようと思う、そして彼女はまったく落ち着いて横になっている、ここヴィーカはとても素晴らしい、建物はそれほど大きくない、けれど山の斜面の良い場所に建っている、また、家は緑の丘にぐるりと囲まれ、納屋は少し下の海の方にあり、そこには船小屋があり、船着き場がある、そして船着き場にはオースレイクの船がある、ここはなかなか悪くない、加えて外には羊がいるし、動物小屋には乳牛がいる、オースレイクが乳しぼりをしてきたので、台所のストーブの横には牛乳があるよと言う、君は搾乳ができるかい、もちろんできるだろうけれど、もし君が何かできないことがあり、それができなければ困ることであれば、私が教えてあげよう、君ができなくて私ができること、そして役に立つことは、私が教えてあげる、君がここで心地よく暮らせるようにするよ、そのために私は自分の仕事を一生懸命汗水たらして働くから、それは私にとって苦労でもなんでもない、仕事、そう、私ができることはなんでもする、私が生きて健康なうちは、君と子供は安心して暮らせるさと彼は言う、君に嫌な思いをさせないし、まあきっと少しは良い目を見させてあげられるんじゃないかな、外は海と波と大海原に風が吹き、カモメが大きな声で鳴く、すべてうまくいくと彼は言う、カモメが鳴く、彼女はもうカモメの鳴き声を聞きたくないし、彼の言うことも聞きたくない、月日が経つ、日一日と毎日同じように過ぎていく、羊と牛と魚それにアーレスが生まれる、彼女はとても可愛い女の子だ、髪や歯が生えてくる、ニコッと笑みを浮かべたり、キャッキャと声を出して笑う、小さなシグヴァルドは成長し、大きな男の子になる、アリーダの記憶の中の父親の顔に似てくる、歌う時の声も似ている、そしてオースレイクは魚を獲り、ビョルグヴィンに船で向かい、砂糖と塩とコーヒーと服と靴と蒸留酒とビールと塩漬け肉を買って帰る、彼女はポテトボールを作る、二人で肉や魚を燻製にしたり干したりしているうちに、月日は流れ、妹が生まれる、輝く金色の美しい髪の娘だ、一日また一日が同じように平穏に過ぎ、朝は寒く、ストーブが彼らに確かな温もりをもたらし、春は光と陽気をたずさえて顔を出し、夏は灼熱《しゃくねつ》の太陽と一緒にやって来て、冬は闇と雪と雨を連れて訪れる、そしてまた雪が舞い、また雨が降る、アーレスはそこに立っているアリーダを見る、アリーダが本当にここにいる、彼女の家のキッチンの真ん中に立っている、窓の前に、年老いたアリーダが立っている、そんなはずがない、あり得ない、とうの昔に亡くなった母が、ここにいることなんておかしい、そしていつも身に着けていたあの腕輪をしている、金製の、青真珠が散りばめられた、いや、こんなことはあり得ない、とアーレスは考えると、立ち上がり、キッチンのドアを開け、居間に入り、またドアを閉じる、そして自分の椅子に腰を下ろし、ウールの毛布を身体に掛け、しっかりと巻き付け、キッチンのドアを見る、するとアリーダが居間の中に入ってきて、またドアを閉めてから、居間の窓の前で立ち止まる、彼女はそこに立っている、母はそんなことができるはずがない、アーレスは考える、そして彼女は再び目を閉じる、彼女はアリーダがヴィーカの家の中庭に出るのを見る、母はアーレスと共に歩いている、彼女の手を取って、そして兄シグヴァルドも一緒に歩いている、彼らは家の前で立ち止まる、アーレスは父オースレイクが船着き場から歩いてやってくるのを見る、その手にフィドルのケースを持って、そして兄シグヴァルドはオースレイクに向かって走って行く

ほら、坊主、フィドルをやるよ、とオースレイク

彼はフィドルの入ったケースをシグヴァルドに渡す、シグヴァルドはそれを受け取り、静かに立ち尽くしている、フィドルのケースを手にもって

もうこれ以上せがむんじゃないぞ、とオースレイク

シグヴァルドがどんなにフィドルが欲しいとせがんだことか、まったく信じられないくらい、とアリーダがアーレスに言う

ホントね、あのフィドルの演奏を聞いてからずうっとね、あの人、西の海の島から来た人よ、とアーレス

信じられないことだ、とアリーダ

あれからずっと、兄さんはしょっちゅう、あの人と一緒にいたわね、とアーレス

そう、とアリーダ
あの人はフィドルがとても上手なの
きっとそうでしょうね、とアーレス
素晴らしい演奏をする人よ、とアリーダ
そう言えば、とアーレス
そうよ、シグヴァルドの父親はフィドル弾きだったわ、とアリーダ
と、彼女の話を遮るかのように続ける
それに、おじいさんも、とアーレス
ええ、そうよ、とアリーダ
彼女の声は不愛想な響きがする、それから彼女たちはオースレイクが振り返り、再び船の方に道を下って行くのを見る、シグヴァルドがフィドルのケースを持ち、彼女たちの方に来る、彼はケースを地面に置いて開け、中からフィドルを取り出し、彼の前に掲げる、彼女たちの前にフィドルを掲げる、船からは、明るい光の中をオースレイクがまた箱を一つ抱えて彼らの方に歩いて来る、そして彼らの傍らで立ち止まる
ビョルグヴィンでたくさん買い物をしたんだ、と彼
そしてなんとまあ、フィドルまで手に入れてしまったよ

特級品のフィドルに違いないさ
フィドルよりも他のものが入り用だったフィドル弾きから買ったんだ
だが、私はちゃんとした代金を払ってやったよ、彼の言い値よりもっと出してやった
あんなに震えている男は今まで見たことがない気がする
アリーダはフィドルを見てもいいかと尋ねる、シグヴァルドは母にフィドルを渡す、彼女はスクロール部分の竜の鼻が欠けているのに気付いた
いいフィドルね、私にはわかる、とアリーダ
そして彼女はシグヴァルドにフィドルを返す、彼はそれをケースに戻し、彼らの隣で立ち上がる、フィドルのケースを持って立っている、アーレスは考える、シグヴァルド、私の優しいシグヴァルド兄さん、彼はフィドル弾きになったが、兄についてそれ以外のことはほとんど知らない、彼には婚外子の娘がいて、その娘には確か息子がいる、その子の名前はヨンで、彼もまたフィドル弾きになり、それに詩集も出したと聞いている、そう、人は様々なことをするものだ、アーレスは考える、シグヴァルドは突然いなくなった、彼も今となればかなりの年だから、もう生きてはいまい、誰にも告げず姿を消し、いなくなった、それ以後の消息は知らない、アーレスは考える、それに何故アリーダはそこにじっと立っているのか、私の家の居間に、窓の前に、そんなこと彼女ができるはずがない、さっさと消えてくれないか、彼女にその気がな

ければ、もう好きにすればよい、とアーレスは考える、そして彼女はアリーダが今でも部屋の真ん中に立っているのを見る、母をただそこに立たせておくわけにいかない、なぜなら、ここはもうアーレスの家だから、なぜ母は行かないのか、なぜ彼女はここを去らないのか、なぜじっとそこに立っているのか、なぜ微動だにせずにいるのか、アーレスは考える、アリーダはそこに立っていられるわけがない、母はずっと前に亡くなっているではないか、アーレスは考える、彼女はあえて母に触れに行こうか、彼女が現実にそこにいるのかどうかを感じるために、彼女は考える、しかしそんなはずがない、母が死んだのはずっと前のことだ、母は自ら海に入って消えたと人々は言った、でも実際に何が起きたのかは誰も知らない、世間はあれこれ好き勝手なことを話している、そして彼女はディルジャで営まれた母の葬儀に行くことができなかった、彼女は繰り返しそのことを考えた、自分が母の葬儀に参列しなかったということを、しかしディルジャは出かけるにはとても遠かった、当時彼女は幼い子供を何人も抱え、夫は漁に行っていた、一体どうしたら遠路はるばる参列できただろう、もしかしたらそれが原因で、彼女が母の葬儀に出なかったために、母は今そこでじっとして動こうとしないのか、しかしアーレスは母に何も言うことができない、自分でもしばしば母は果たして本当に海に身投げしたのかどうか考えるのだが、母に直接聞くことはできない、母は海岸で発見されたと伝えられているが、本人にそれを問うことはできない、なぜなら、彼女はずっと前に死んだ人間と平気で話すことができるほど頭がいかれてないから、たとえ相手が自分の母親であったとしても、いや、無理、無理、アーレスは考える、そしてアリーダはアーレスを見る、この子は母がそこに居ることを気付いていているなと考えている、もちろん彼女はそこに居る、そしておそらく彼女はそこに居ることで自分の娘を苦しめている、それは彼女の望むところではない、どうして自分の娘を苦しめたいものか、私は決して自分の娘を悩ませる気はない、この子、私の愛娘を、私の長女、私の二人の愛する娘のうちでただひとり成長し、自分自身の子供や孫を持つことができた唯一の娘を、そしてアーレスは立ち上がり、短くゆっくりとした足取りで玄関に向かって歩き、扉を開けて廊下に出る、アリーダも短くゆっくりとした足取りで彼女の後に続き、廊下に出る、アーレスが玄関の扉を開けて外に出ると、アリーダも彼女の後を歩いて出る、アーレスが道に沿って歩く、母アリーダが私の家から出たくないなら、そうすればよい、アーレスは考える、他には何もできることはない、そう彼女は考えると、海の方に下っていく、しっかりした穏かな足取りでアリーダも歩く、暗闇の中、雨の中、ヴィーカの家から道を下りていく、彼女は立ち止まり、振り返る、そして家の方を見る、彼女が見るものは暗闇の中でより暗く見える、そして彼女は再び踵《きびす》を返し、さらに下へ進む、一歩また一歩、そして彼女は波打ち際で止まる、波の寄せる音を聞く、髪や顔に当たる雨を感じる、そして彼女は波の中に入ってゆく、すべての寒さは熱い、すべての海はアスレだ、彼女がさらに進んでゆくと、彼女はアスレにすっぽりと包まれる、あの日彼らがディルジャで初めて出会った夜のように、あれは彼が結婚式のダンスで初めてフィドルを弾いた時、すべてがアスレとアリーダだけになる、そしてアリーダに波が寄せて来る、アーレスは波の中に入る、彼女は歩き続ける、波の方へ波の方へと、その時ひとつの波が彼女の白髪を覆い隠す

訳者あとがき

文が消える前に書き留めておけばいいという気持ちになる。

——ヨン・フォッセ

本書は、二〇二三年に「声にならない言葉に声を与えた革新的な戯曲と散文」との評価をうけ、ノーベル文学賞を受賞したノルウェーの作家ヨン・フォッセ（一九五九〜）の中期代表作となる小説『三部作』（*Trilogien*）の全訳である。

ニーノシュク（新ノルウェー語。後述）で書かれたフォッセの膨大な作品は、戯曲、小説、詩集、エッセイ、児童書、翻訳と多岐にわたる。彼は今日、世界各地で上演される劇作家の一人であるが、散文作品でもその評価が高まってきている。約四十年にわたり創作活動に従事し、受賞作品は五十以上の言語に翻訳されている。

『三部作』について

二〇一四年に出版された本作品、『三部作』は、それぞれ異なる時期に発表されたパート、つまり、第一部「眠れない“Andvake”」（二〇〇七）、第二部「オーラヴの夢“Olavs draumar"」（二〇一二）、第三部「疲れ果てて"Kveldsvævd"」（二〇一四）で構成されている。聖書の強い暗示を伴う愛と暴力の残酷な物語は、彼の他のほとんどの小説同様、不毛の海岸地帯を舞台とした、非常に緊張感がある作品で、フォッセは、これにより二〇一五年に北欧理事会文学賞を受賞した。

同賞の受賞理由として、「この作品は、フォッセが確立した独自の形式が時間と場所を超えて移動する内容といかに両立しうるかを示す稀有な例だ。明確な詩的特質を備えた散文的叙述と、意識的かつ遊び心に満ちた物語へのアプローチにより、あらゆる時間と場所を超えたラブストーリーが語られている。（…）聖書からの引喩やキリスト教的な神秘主義、詩的なイメージが、サスペンス的な要素と組み合わされ、愛し合う二人の物語が世界や歴史へと開かれていく」と述べられている。

第一部「眠れない」では、ビョルグヴィンに到着したばかりの十七歳のアスレとアリーダというカップルが登場する。アスレは両親を亡くし、アリーダも父親はずっと前に失踪し、関係の悪い母親と姉のもとを飛び出してきた。アスレとアリーダが出会ったのは、故郷ディルジャの農場で行われた結婚式で、彼女が給仕として働き、彼がフィドルを演奏した時だった。アスレは父や祖父も代々フィドル奏者だ。彼はとある船小屋に住んでいたが、突然大家に立ち退きを迫られる。アリーダが彼らの子供を妊娠していることも、問題を複雑にする。大都市に新天地を求める彼らには、その移動手段も資金もない。しかし、彼らはどうにかしてその両方を調達し、ビョルグヴィンまでやってきたのだった。

二人は、宿を探すためにビョルグヴィンの街を彷徨い続けるが、アリーダが身重なのもあり、住処を見つけられない。眠る暇も惜しんで探し回る二人は最後にどうにかしてようやく宿を見つける。アリーダの陣痛が始まる。偶然出会った人の助けを借りて産婆も探し出し、彼女はついにシグヴァルドという男の子を出産する。

第二部「オーラヴの夢」では、読者はバルメンに住むオーラヴとオスタに出会う。ある日オーラヴは「用事を済ませるためにビョルグヴィンに行く」と言うが、オスタは不吉なことが起きると予感し、オーラヴに留まるように求める。しかし、オーラヴは必ず今日中に戻ると約束し、出発する。その途中、彼はゆっくりと歩いている老人を見かける。老人は彼に声をかけるが、オーラヴはそれを振り切りビョルグヴィンに向かう。老人は足が遅いにもかかわらず、なぜかオーラヴよりもビョルグヴィンに早く到着している。老人は何者なのか？　街で出会った若い女との関係は？　果たしてオーラヴは用事を済ませることができたのか？

第三部「疲れ果てて」は、アリーダの娘アーレスの登場で物語が始まる。アリーダはこの時点でもう世を去っている。アーレスの父はオースレイクという。読者は、彼がどのようにして父親となるのか、アスレとアリーダとの間に生まれた息子シグヴァルドに何が起こったのかを知ることになる。

フォッセの散文作品は、反復的で余韻を残すという特徴があり、彼自身も「散文作品における反復は、戯曲の間《ま》に相当する」と説明している。本作品もその傾向が非常に強く、訳者も日本語原稿を見直した時、「ここは同じ文章を二度訳してしまったのではないか？」と一瞬冷汗が出たことが何度かあった。今回、ノルウェー語の原書と英訳を比較しながら翻訳したが、英訳に数か所脱落している箇所が見つかった。単なる推測に過ぎないが、これは同じ表現が何度も繰り返されるために、生じてしまったものではないだろうか。

また、頻出する「〇〇は考える（tenkjer）」という表現が、あたかも句点《ピリオド》のように機能しており、そのため一般の文章に比べてピリオドが極端に少なく、数十ページの長きにわたって一文が切れ目なく続いている箇所もある。ノルウェー語や英語のようにもともと単語と単語の間にスペースがあり、一定の区切りは付きやすい言語と違い、日本語の散文の場合、長い一文を句点なしに意味の通じる文章にするのは非常に難しく感じた。うまく訳しきれているだろうか。

なお、フォッセは「思う（trur）」ではなく、「考える」という言い回しを採用することにより、登場人物の思考、あるいは、フォッセの意識の流れに直接入り込んでいくような臨場感を高めている。

この作品では、特定の年代を示す記述がなく、時代背景が明確にされていないため、近年はあまり使われないベルゲン（ノルウェー西部）の古称「ビョルグヴィン」という言葉から中世初期をイメージしながら翻訳を始めた。ところどころ考証のヒントがあり、例えば、ベルゲンでの死刑執行方法が十九世紀ごろにそれ以前の絞首刑から、斧を使った断頭刑に変わっている点だが、結局どれも時代特定には至らなかった。

物語に登場する地名に関しても、例えば「バルメン」という地名は、西ノルウェーに確かに存在するが、文中にあるように徒歩でベルゲンに日帰りできるような距離ではない。反対に「ブリッゲン」は、世界遺産に登録され、多くの観光客が集まるベルゲンの中心部である。このように現存する場所もあれば、架空の地名も使用されており、それは戯曲作品と同じく、正確な場所や時代を限定することなく、ノルウェー民族の過去から現代に脈々と続く普遍的な物語として捉えられるように工夫されているのではないだろうか。

また、「眠れない」冒頭部分のアリーダの描写は、まさに臨月のマリアがベツレヘムに旅立つ聖書の一節を連想させるが、フォッセは後述のノーベル文学賞受賞講演を締めくくる部分でも神への感謝を述べているほど敬虔なカトリック教徒である。彼は、聖書のノルウェー語への再翻訳の作業にも関わっている。

訳しながら、フォッセの戯曲『だれか、来る』の訳者である河合純枝さんによるフォッセへのインタビューの言葉、「西海岸の生活は、海無くしては考えられない。どこの家庭にも必ず船乗りか漁師がいる。海は、往々にして荒く、危険がつきまとう。死が日常だ。海岸線に沿って、沢山の十字架が立っている。海で命を落とした人たちの墓標だ。それを毎日みながら生活しているんだよ。死が生と隣り合わせ」（『北欧の舞台芸術』、毛利三彌・立木燁子編著、三元社、二〇一一年）を思い出した。西ノルウェーを舞台とする作品には、彼自身の日常も描かれているのだろうと感じる所以である。

作家について

フォッセは、一九五九年、西ノルウェーのハウゲスンに生まれ、ハルダンゲル地方のクヴァムにあるストランデバルムの小さな農場で育った。ベルゲン大学で比較文学や哲学を学んだ後、ジャーナリストや県文芸講座の講師として経験を重ねた。二〇一一年には、国から終身名誉芸術家住居「グロッテン（洞穴）」が贈られた。現在、フォッセはオスロ、オーストリアのハインブルク・アン・デア・ドナウ、ベルゲン近郊のフレークハウグにそれぞれ家を持って活動している。

フォッセの最初の小説『赤、黒』（***Raudt, svart***）は一九八三年に出版されたが、彼自身はその二年前に学生新聞に掲載された短篇『彼』（***Han***）を実際のデビュー作と考えている。繰り返し、内なる独白、音楽的で喚起的な文体など、すでにフォッセの文章の特徴がうかがえる。八〇年代まで散文、詩、児童書を発表し続けたが、一九八九年の小説『舟小屋』（***Naustet***）で作家として注目を集めることになった。

一九九二年に初めて戯曲を発表。最初の戯曲『だれか、来る』（***Nokon kjem til å kome***）は、一九九六年にノルウェー劇場で上演された。

この後の数年間、フォッセは猛烈な勢いで戯曲を書き続け、瞬く間にノルウェーの主要な舞台で上演される人気劇作家になった。一九九九年、フランス人演出家クロード・レギーがパリ郊外で『だれか、来る』を上演し、フォッセは海外でも知られるところとなった。劇作家としては、言葉や演技を極端に減らすことで、不安や無力感という人間の最も強い感情を、最も単純な日常的な言葉で表現するのが特徴だ。時間という感覚を喪失させることで、人は瞑想などで実践される「瞬間」を感じる。つまり、自己を超越する、もしくは神聖な存在に近づくと考えられる。瞬間を経験した人を再び時間が存在する世界に戻すことで、彼らは未知の空間であることを感じる。このような人に接することで、読者は当惑させられる。

その後の彼の小説には、実在の画家ラーシュ・ヘルタヴィーグを描いた『メランコリーI』（*Melancholia I*　一九九五）と『メランコリーII』（*Melancholia II*　一九九六）、子供の誕生とその何十年後かの死を描いた『朝と夕』（*Morgan og kveld*　二〇〇〇）があるが、フォッセの散文における最高傑作は、『七部作《セプトロギーエン》』（*Septologien*　二〇二一）と言われている。この小説『七部作』は、『別名』（*Det andre nammet*　二〇一九）、『私は別人』（*Eg er ein annan*　二〇二〇）、『新しい名』（*Eit nytt namn*　二〇二一）という三冊に収められ、これもまた反復表現に富んだ作品で、クリスマスまでの七日間に、年配の芸術家が自分自身に語りかける独白という形式を取った物語となっている。フォッセが〝slow prose（ゆっくりとした散文）〟と呼ぶこの『七部作』は、芸術と神の本質、アルコール依存症、友情、愛、時の流れについての示唆に富んだ壮大な物語であり、世界中で絶賛されている。

創作活動に加え、フォッセは文学の批評や自分以外の多くの作品のニーノシュクへの翻訳も手がけている。このような文学活動が評価され、彼は二〇二三年ノーベル文学賞を受賞した。

（以上、Winje Agencyによるフォッセの紹介文より）

ノーベル賞受賞者には一般的に授与式の前後に複数の講演が依頼されるのだが、フォッセは、義務として課せられている一つの講演以外すべて断っている。ノルウェー国営放送の文芸批評担当のホーエム氏は、「ノーベル文学賞受賞講演という大きな名誉には期待とプレッシャーがかかるため、最悪の場合、彼が失神するのではないか」と心配していたという。フォッセの人柄がわかるエピソードだ。

その一回のみの講演は、十二月七日にストックホルムで「二十分だけ」というフォッセの希望通り、スウェーデン・アカデミーで催された。彼が選んだ講演のタイトルは、『声にならない言葉』だった。講演内容はフォッセを理解する上で貴重な資料である。特に興味深い部分を簡単に要約で紹介しておく。

●執筆のきっかけ

「中学生の時、何の前触れもなくそれは起きました。教師に音読するように求められ、（…）突然の恐怖に襲われたのです。（…）私は立ち上がって教室を飛び出しました。（…）その後、『トイレに行きたかった』と言い、自分の奇妙な行動を説明しようとしましたが、それを聞いている人たちの顔を見ていると、信じてもらえないことがわかりました。（…）恐怖がまるで私の言葉を奪ったような感じで、それを取り戻さなければならなかったのです。そして、もし私が取り戻すなら、それは他人の表現ではなく、自分の表現でということでした。私は自分の文章、短い詩、短い物語を書き始めました。そうすることで安心感が得られ、恐怖とは正反対のものが得られることを発見しました。ある意味、自分の中に自分だけの場所を見つけ、そこから自分だけのものを書くことができたのです」

●多くを語る沈黙

「戯曲を書いていた時には、無言のスピーチ、無言の人々を、散文や詩とはまったく別の方法で使うことができました。『間《ま》』という言葉を書けばいいだけで、無言のスピーチがそこにできました。私の戯曲では、『間』という言葉は間違いなく最も重要で、最もよく使われる言葉です。（…）『間』には、非常に多くのことがある場合もあれば、非常に少ないこともあります。言葉にできない何か、言葉にしたくない何か、あるいは何も言わないのが一番いい何かです」

●散文作品への回帰

「長年、ほとんど演劇だけを書いてきた後、突然十分すぎると感じ、戯曲を書くのをやめることにしました。しかし、書くことが習慣になっており、それなしでは生きていけないものになっています。マルグリット・デュラスのように、病気と呼べるでしょうね。（…）そして、すべてが始まった場所（＝散文）に戻ることにしました。（…）再び本格的に散文を書き始めたとき、自分にまだできるかどうか不安でした。まず『三部作』を書き、その小説で北欧理事会文学賞をいただき、散文作家としても何か提供できるものがあると確信しました」

なお、フォッセはベルゲンで県文芸講座の講師を務めたことがあり、『わが闘争』（岡本・安藤訳、早川書房）で欧米の読者の注目を集めたカール・オーヴェ・クナウスゴールがこの教室に通い、フォッセに学んでいたことは有名なことである。

ニーノシュクについて

ニーノシュクとは、「新ノルウェー語」とも訳されるノルウェーの二つの公用語の一つである。フォッセとの関連では、ニーノシュクに言及されることが多いため、その成立過程を簡単に説明しておく。

十四世紀後半にノルウェーは実質上デンマークの支配下に置かれることになり、その支配は約四百年続いた。地方レベルでも役人や聖職者がデンマークからノルウェーに派遣され、教会や役所・公務で用いられる書き言葉はデンマーク語に変わっていき、大学などの高等教育機関はコペンハーゲンにしか存在しないため、知的職業を希望するノルウェー人は遥々そこに「留学」する必要があった。このような状況下で、次第に人々は「デンマーク語こそが上流階級にふさわしい言葉である」と考えるようになった。同時に、ノルウェー語は庶民の使う卑しい言葉だと考えられたわけである。

ナポレオン戦争の結果、ノルウェーは一八一四年にデンマーク支配下を脱したが、今度は同君連合の名のもとに、スウェーデンに支配されることになる。が、当時の民族ロマン主義の影響を受け、ノルウェー独自の書き言葉を求める機運が高まった。

この動きには大きく分けて、現在の公用語であるブークモール（本の言葉）と、ニーノシュク（新ノルウェー語）に通じる二つの流れがあった。ブークモールは、デンマーク語の書き言葉をノルウェー語の発音に合わせて変えていこうとするもので、上流階級者を中心とする保守派に支持された。これに対して、ニーノシュク派は、中世以来ずっと日常的に使用されていたノルウェーの土着方言を各地で採取し、それを基にデンマーク語とはまったく異なる言語表記体系を創造するというものだった。長年の運動を通じ、一八八五年には公用語の一つとして認められることになった。現在は約九割程度のノルウェー人がブークモールを使用し、残りがニーノシュクを使っている。これらの言語はあくまで書き言葉であり、話し言葉はそれぞれの地方の言葉が用いられている。かつてイプセンの戯曲がニーノシュクに書き換えられ国を二分するほど二派が激しく対立したこともあったが、現在はそのようなこともほとんどなくなった。言語の使用に関する法律により、テレビの字幕作成時の割合等が決められている。現時点ではブークモールが七五パーセント、ニーノシュクが二五パーセントとなっている。

一部のノルウェーの作家は、ブークモールではなく、ニーノシュクでなければ自分が納得できる表現ができないと考えていて、フォッセもまたその一人である。

作品の舞台となったビョルグヴィン

この作品の舞台となった町はビョルグヴィンである。今日ベルゲンと呼ばれるノルウェー第二の都市には、現在約三十万人が暮らしている。「七つの山に囲まれた町」とも呼ばれるこの町は、ビーフィヨールやプッセフィヨールといった峡湾《フィヨルド》に面し、半島型の港湾部をもつ美しい地形の町には、ユネスコの世界文化遺産に登録されたブリッゲン歴史地区をはじめとする名所旧跡が多数ある。

メキシコ湾流という暖流がノルウェー沿岸を流れているため、北緯六〇度にある都市としては比較的温暖な気候に恵まれている（ちなみに最も寒い二月の平均気温は二・五度、最も暑い七月の平均気温は一六・一度）。しかし、暖流により運ばれてくる北大西洋の湿った大気が周囲の山々にぶつかるために雨の日が非常に多く、平均的な年間降水量は二四九〇ミリにも達する。そのため、ノルウェーでは「ベルゲンの子供は傘を持って生まれてくる」とか「ベルゲンは雨の都である」と言われる。

ベルゲンはノルウェーで最も古くから存在する町の一つで、一〇七〇年にオーラヴ・ヒュッレ王がベルゲンの礎を築いたとされる。同国王は、ホルメン地区（現在のベルゲンフース要塞付近）に木造のキリスト教の教会建設を指示し、ベルゲンをノルウェー西部の司教座に指定した。暫くして、王宮も建設されることになり、国王との結びつきにより、この町は急速に発展することになった。

一二五〇年代頃、外国人もこの町に滞在することが許可された。なかでも（ドイツ語話者という意味での）ドイツ人の増加は著しく、一三四三年にはブリッゲン歴史地区にハンザ同盟（ドイツ・ハンザ）の在外商館が建設された。当時ハンザ同盟が支配した経済圏の北に位置する重要な商業都市となった。ブリッゲン歴史地区の正式名称は「ティスクブリッゲン（ドイツ埠頭)」で、ハンザ商人にのみ居留が許可されていた。

あるデンマーク商人は、「その抜きんでた経済力により、ベルゲンはこの国随一の都市である。ここはアイスランド、グリーンランド、イングランド、ドイツ、デンマーク、スウェーデン、ゴットランド島をはじめとして、すべてを書き連ねることができないほど、世界各地から無数の船と人が集まってくる。(…)上等な衣類や銀、その他の商品に溢れ、欲しいものはなんでも買うことができる」と、その繁栄ぶりを本国に書き送っている。

ベルゲンでハンザ商人が扱っていた主な品は、干ダラ、塩漬けニシン、肝油などの海産物だった。ベルゲンのハンザ同盟の紋章に干ダラが刻まれていることから、これが重要な商品だったことが理解される。北ノルウェーなどから運び込まれた干ダラは、キリスト教徒が肉や肉製品を食べることを禁じられていた小斎日《しょうさいじつ》の食事に欠かせない食品であり、ハンザ商人を介してヨーロッパ各地に届けられていた。

十六世紀になると、ノルウェーの行政官が支配的な立場にあったハンザ同盟に対抗するようになった。ドイツ人排斥運動を展開し、彼らの特権を徐々に剝奪した。その後ハンザ同盟の在外商館はその機能を終えることになった。

『三部作』では「黒い髪」という表現が多い。訳者の友人の話では、ハンザ同盟の商人に交じって多くのユダヤ系の商人がベルゲン付近に移り住んだとのこと。確かに、ベルゲン付近では「黒っぽい髪」をしている人が多い。

ベルゲンは一八三〇年代までノルウェー最大の都市であり、北ヨーロッパ最大の港湾都市で

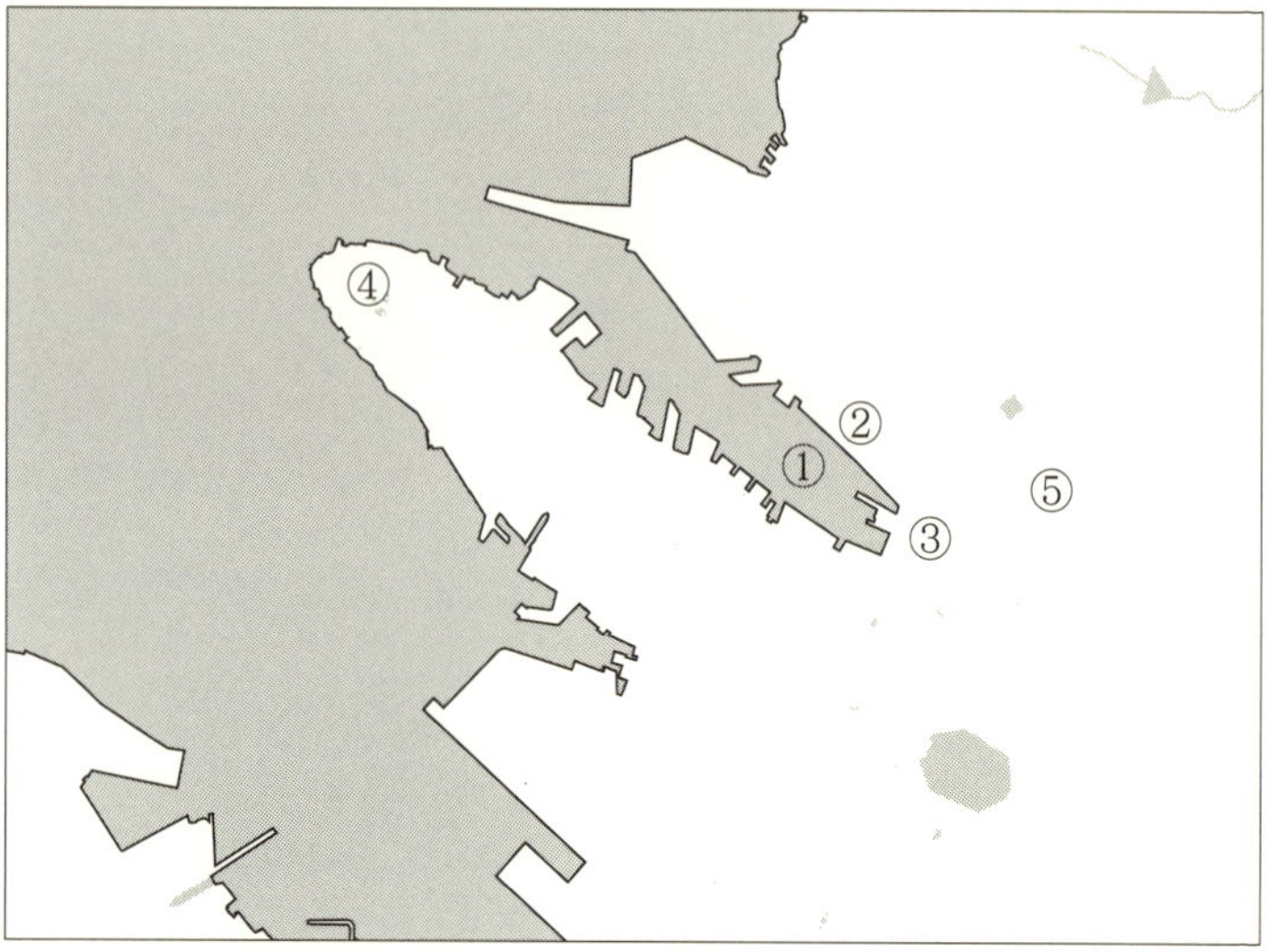

ベルゲン港湾部の地図

もあった。その後衰退した時期もあったが、十九世紀半ばに再び活気づくことになった。ノルウェーにおける産業改革の始まりと共に、経済活動で新たな展開が見られるようになった。

第二次世界大戦と占領を経験することになったが、今日では国際的な養殖業、海運、海洋石油産業、海底技術の中心地であり、ノルウェー西部の学術、観光、金融の中心都市でもある。

ヴォーゲン湾①は、ベルゲンと対岸のアスコイ島を隔てるように存在するビーフィヨールの支湾にあたる。氷河で削られた地形であるため水深は深く、大型のクルーズ船もベルゲンに寄港することができる。オースレイクの船が係留されていた岸壁である。

ブリッゲン歴史地区②には現在もハン

ザ同盟の在外商館だった木造の三角屋根の建築物が立ち並んでいる。在外商館は三階建てで、一階が倉庫、二階以上が事務所と寝室だった（ハンザ同盟博物館で内部の見学が可能）。ハンザ同盟は、独身男性だけをベルゲンに派遣していた。ブリッゲン歴史地区には女性の立ち入りが禁止されていたため、その周辺部にはドイツ人を相手にする売春宿が多数存在していたと言われる。

トルゲ③（定期的に市のたつ広場）は、今日露店が集まる魚市場のある場所で、観光名所の一つになっている。

ピンテン刑場④は、今日のノールネス地区のピンテン、つまり、半島の先端部分にあった。

ケーブルカーでフロイエン山⑤に登れば、ベルゲンの美しい街並みを一望することができる。

最後になりましたが、固有名詞の発音（カナ表記）を確認させていただいたノルウェー王国大使館のオッドビョルン・ルンデ参事官、同大使館広報部の皆様、そして、出版に至るまで面倒をみていただいた早川書房の窪木竜也様、そして出版までに協力してくださったすべての方々にこの場をお借りしてお礼を申し上げます。

二〇二四年七月

訳者略歴
岡本健志　大学非常勤講師（北欧文学・語学）　訳書『わが闘争　父の死』カール・オーヴェ・クナウスゴール（早川書房・共訳），『北欧の舞台芸術』（共訳）他
安藤佳子　東京外国語大学卒業，オスロ大学基礎教養課程修了　訳書『わが闘争　父の死』カール・オーヴェ・クナウスゴール（早川書房・共訳）

三部作《トリロギーエン》

2024年9月10日　初版印刷
2024年9月15日　初版発行

著者　ヨン・フォッセ

訳者　岡本健志《おかもとたけし》・安藤佳子《あんどうけいこ》

発行者　早川　浩

発行所　株式会社早川書房
東京都千代田区神田多町2－2
電話　03－3252－3111
振替　00160－3－47799
https://www.hayakawa-online.co.jp

印刷所　中央精版印刷株式会社
製本所　中央精版印刷株式会社

Printed and bound in Japan

ISBN978-4-15-210359-8 C0097

乱丁・落丁本は小社制作部宛お送り下さい。
送料小社負担にてお取りかえいたします。